De chair et de sang

Vincent CARRERA

ISBN-13: 979-10-95562-03-0
Dépôt légal: Décembre 2015

TABLE DES MATIÈRES

REMERCIEMENTS

À mon amour et épouse, Aude, pour ses relectures, ses conseils éclairés et son soutien dans mon projet.

À mes parents, Béatrice et Alain pour leurs relectures, et en particulier, à ma mère, pour la réalisation de la couverture.

À mon beau-père, Jean, pour ses corrections, la reprise du style et ses conseils avisés.

PROLOGUE

« Nous aimions la guerre ! Elle nous enivrait ! Et tuer des Infidèles n'était pas la moindre de nos motivations. Nous étions quatre vingt mille hommes, tous aguerris, à progresser lentement le long de la rive Ouest de la Tsiza, en Serbie. Notre vénéré sultan, le grand Mustafa, avait décidé d'établir le camp de notre armée non loin de la ville de Zenta, car l'hiver redouté était imminent. Je connaissais bien la région en tant qu'émissaire de son altesse, et pour avoir porté sa parole en Autriche plusieurs fois durant ces dernières années. Entre deux voyages, j'écrivais pour l'histoire, en relatant rigoureusement, sans parti pris, ce que j'avais vu et ce qui s'était dit lors de mes missions. Lorsque j'accompagnais le sultan dans une campagne militaire, j'avais pour habitude de fréquenter ses conseillers, me nourrissant de leurs histoires mais aussi de leurs victuailles, de qualité bien supérieure à la soupe grossière des troupes. Je recherchais surtout la présence d'Haloued, le cartographe. J'aimais cheminer à ses côtés pour l'écouter me décrire le décor. Il avait la faculté de me projeter instantanément d'un lieu à un autre avec la précision d'un théologien décryptant les textes sacrés, et le pouvoir d'évocation d'un Inspiré.

Cette fin de saison était plutôt aride, et la rivière en portait les stigmates. Confortablement installé dans la tente des conseillers, lesquels m'avaient courtoisement convié à savourer un tajine, je rompais ma kesra, une sorte de galette à base de semoule, et devisais joyeusement avec mon ami le cartographe. Nous étions loin de penser que nous allions livrer une rude bataille, près de Zenta, face au Saint Empire romain germanique, dans peu de temps ; et que cette bataille constituerait la plus désastreuse défaite de notre histoire, en ce terrible jour du 11 Septembre 1697.

Haloued, en toute circonstance, gardait le sourire et l'empathie avec les gens. Ainsi il captivait d'autant plus son public lorsqu'il contait ses multiples voyages. Avec ses amis les plus intimes, dont je faisais partie, il avait une obsession, qu'il aimait partager. Cette idée fixe concernait la présence des anges parmi nous et, notamment, celle de l'ange Gabriel qu'il décrivait, en suivant ses interprétations coraniques, comme un grand stratège qui guidait le sultan dans ses batailles. Il n'avait de cesse de chercher des preuves de leur existence, et des signes de leurs interventions. Je me disais parfois qu'un grain de folie affectait l'esprit de cet homme savant, et c'est pourtant ce qui le rendait si original dans son métier.

En ce matin de septembre, le ciel était bien gris. Nous étions proches d'un gué, et le chef des sipahis, à la tête de la cavalerie, remontait les rangs des troupes à toute allure. Alors que les premiers éléments d'infanterie traversaient le gué, le cavalier, dans son habit aux couleurs vives, où dominaient le violet et l'orange, fit violemment cabrer son cheval : il en perdit son casque qui se ficha dans le sol. Il hurlait en direction de la tente du sultan. —Nous sommes attaqués ! Quelques secondes plus tard retentirent les premiers coups de canon qui se transformèrent en pluie de feu sur nos troupes désemparées. L'eau de la rivière se transforma vite en torrent de sang, et dans une boucherie horrible mélangeant bras et jambes déchiquetés, nos soldats d'élite saisis de panique se dispersèrent. Pris par le flanc, de front, et la retraite coupée, plus de vingt mille hommes tombèrent en quelques heures, et dix mille autres se noyèrent, piétinés par les sabots des chevaux des cavaliers blancs autrichiens menés par le Prince Eugène de Savoie. Ce fut lors de ce chaos que j'assistai à un phénomène que je qualifierais de surnaturel. J'avais jailli précipitamment hors de ma tente, alors que d'épaisses fumées envahissaient déjà les alentours. En contrebas d'une butte, près de la rivière, je voyais mon ami se battre avec quelques fantassins. Surgi tout droit de l'enfer, un cavalier, armé d'une lance, transperça la poitrine de mon cartographe tandis qu'un boulet de canon décapitait le fantassin voisin. Dans une stupeur totale, je vis, comme surgi d'entre les monceaux de corps, un rayon de lumière aveuglant frapper Haloued. D'abord je crus en un éclair de feu de canon, mais devant mes yeux ébahis, une boule de lumière enveloppa tout son corps pour disparaître aussitôt. »

Harlib Teziz, émissaire de son altesse.

CHAPITRE 1
LA LIBRAIRIE

Paris, 04 Avril 2014. En ce banal vendredi matin, Lunile dévale les escaliers de Montmartre pour se rendre à la Halle Saint Pierre où elle passe la plupart de son temps dans une petite librairie enchâssée au cœur de ce centre d'art contemporain. Le ciel est légèrement voilé, mais la douceur matinale nous avertit que le printemps prend ses quartiers. A la librairie, le premier rituel, établi tous les matins de la semaine par madame Dullet, consiste à déballer les cartons des arrivages. Stagiaire depuis quelques semaines dans ce petit sanctuaire du livre, elle a commencé des études pour devenir libraire, il y a un an, à Paris Ouest Nanterre. Sa passion pour les vieux manuscrits remonte à son enfance. L'odeur du vieux papier, la texture de l'encre à la plume, séchée depuis des siècles, lui rappellent l'atelier de son père : un bric-à-brac de vieux livres empilés pêle-mêle et la grande table centrale recouverte de parchemins. Il était archéologue, voyageait beaucoup et vivait de sa passion : l'étude de vieux manuscrits de l'époque de l'empire Ottoman de la fin du XVII ème siècle. Elle passait des heures à examiner ces vieilles reliures en cuir que conservait jalousement ce père absent. Assise sur un coussin en feutre rouge, légèrement baignée par la lumière du grand hublot de la pièce, la passion s'instillait peu à peu dans l'esprit encore en formation de notre jeune enthousiaste.

Mais, curieuse de toute chose, elle s'abandonne aussi au charme des lectures exotiques, simple passe-temps toutefois. L'univers des mangas lui est très familier. Plutôt éprise des Shôjo manga, elle aime à s'évader de Naruto à One Piece en passant par Fushigi Yugi.

Après avoir ouvert les quatre cartons contenant les nouveaux ouvrages de cette fin de semaine, Lunile s'apprête à les enregistrer méticuleusement dans le logiciel. Un titre attire alors son attention : « La bataille de Zenta ». Elle avait déjà remarqué cette référence dans les documents de son père. Une fois la saisie des ouvrages achevée, et le rangement sur les étagères effectué, elle décide de parcourir le livre : par simple curiosité certes, mais obéissant aussi à une étrange impulsion. Le récit d'un émissaire y est consigné en préface, comme ayant été le témoin d'un mystérieux phénomène pendant la bataille de Zenta, bataille qui vit la défaite cuisante des Turcs face à l'Autriche en 1697. La mort d'un soldat de Mustafa II, le sultan, fut pour le moins remarquable. En tombant à genoux après un coup mortel porté à la poitrine, une boule de lumière vint irradier le jeune homme avant de l'emporter on ne sait où. Persuadé d'avoir contemplé un phénomène d'essence divine, l'émissaire rapporta dans de vieux parchemins ce qu'il avait vu lors de cette bataille. Comme anecdote non vérifiée, l'auteur du livre historique en alimenta sa première page. Comme à son habitude, notre jeune librivore, occupa ses temps de pause à la lecture de ce récit d'époque ottomane, objet de toutes les attentions de son père.

Elle niche dans un petit appartement, au sommet de Montmartre, dans une petite rue pavée, derrière le Sacré Cœur. Ce petit bien familial d'une vingtaine de mètres carrés prêté par ses parents, lui sert de studio étudiant. Chaque jour qui passe et qui voit la foule des touristes déambuler, lui rappelle sa position privilégiée d'habiter un coin de France si enchanteur. En échange de quelques euros, ses parents lui confient ce lieu magique à quelques pas de sa librairie.

Lunile n'est pas une fille timide mais plutôt réservée. Son joli visage au teint pâle, qu'embellissent de long cheveux bruns légèrement ondulés, affiche deux grands yeux noisette semblables à deux billes de bois aux courbes parfaites. Pas très grande et plutôt mince, elle aime s'habiller de façon exotique pour aller à l'encontre de son tempérament. Elle arbore quelques tenues tirées directement de ses mangas favoris, restant toutefois assez modérée dans ses choix. Intelligente, son allure rapide trahit un caractère bien trempé. Sa tenue vestimentaire retire quelques années encore à ses 18 printemps.

Il est déjà vingt-deux heures quand elle pousse la porte de son habitation. Les cinq minutes qui séparent son lieu de travail de son domicile lui donnent à peine le temps de parcourir deux ruelles bondées de touristes. Soudain, la sensation d'un regard posé sur elle lui fait presser le pas. Discrètement, mais obéissant à un réflexe, elle se retourne pour essayer de chasser ce sentiment d'être suivie. Peu après, ayant franchi deux à deux les marches du petit escalier étriqué qui conduit à son palier, elle s'active dans son coin cuisine pour réchauffer un bol de pâtes chinoises, repas traditionnel étudiant de ces soirs déjà bien entamés. L'angoisse s'est dissipée.

Non loin de là, bien avant sa porte d'entrée, une silhouette sombre, vêtue d'un imperméable noir et couverte d'un chapeau de feutre, allume une cigarette. La flamme du briquet éclaire alors deux yeux brillants tirant sur le jaune. Une épaule contre le mur, tirant une bouffée, elle finit par faire demi-tour pour s'évaporer dans la foule.

CHAPITRE 2
SEJOUR A LA CAMPAGNE

Eprouvant un sentiment étrange de malaise, Lunile se lève pour préparer sa valise. Comme à chaque weekend, elle rentre à Rennes chez ses parents, emportant son baluchon de linge sale. Après avoir avalé un verre de jus d'orange, elle consulte l'horaire de son train au départ de la gare Montparnasse, déplie la poignée de son bagage et s'empresse de rejoindre une bouche de métro. Machinalement, elle jette un coup d'œil à droite et à gauche dans sa rue avant de la descendre. Non loin de là, tapie dans l'ombre, la silhouette inquiétante a ressenti la présence de la jeune femme. Aspirant une grosse bouffée de fumée de cigarette, toute vêtue de noir, elle s'extirpe de l'ombre pour glisser sur le pavé parisien à la poursuite de sa proie. Lunile se sent mal à l'aise, avec quelques sueurs froides. Elle s'empresse de valider son billet pour se diriger vers le quai de son train. Il lui semble que les gens la regardent, que des voix lui chuchotent des mélopées incompréhensibles. Au bord du malaise, elle décide de s'asseoir sur un banc, priant pour que le train arrive enfin. Celui-ci entre en gare. Le souffle haletant, elle monte les marches du wagon sans même attendre la descente des voyageurs, se faufilant entre les valises pour se réfugier dans le couloir, en attendant de pouvoir se recroqueviller sur son siège. Deux voitures plus loin, le sombre personnage saisit d'une main sèche et griffue la barre permettant d'accéder à l'intérieur du train. Un jeune homme corpulent, légèrement gêné, proteste face à l'ombre qui lui souffle, en réponse, un nuage de fumée. Seuls ses yeux jaunes luisants fixent le voyageur mécontent et un mot rauque s'échappe alors de sa bouche : — Sors. Le jeune passager devient alors blême et, sans réfléchir, obéit à l'injonction. Telle un courant d'air, l'ombre en imperméable se glisse dans le train.

Très calmement, émergeant d'un passage souterrain, un homme d'une trentaine d'années débouche sur le quai. Son regard bleu azur scrute la foule qui circule sur les quais. Une légère brise soulève sa chevelure blonde. D'un geste rapide l'inconnu ferme son blouson de cuir et s'engage dans un wagon du train en partance. L'annonce du départ retentit. La machine roule lentement vers la sortie du quai et Lunile se sent plus détendue. Elle sort de son sac un manga qu'elle feuillette jusqu'à la page de sa dernière lecture. Le train prend de la vitesse. La silhouette malfaisante se déplace dans le couloir, et arrive dans le wagon de la jeune fille. Ses yeux s'illuminent d'une lueur démoniaque à la vue de la chevelure de sa proie. Elle s'approche lentement derrière son dos. Bien que plongée dans sa lecture, Lunile lève la tête en entendant à nouveau ces chuchotements sinistres. Saisie alors d'une panique incontrôlée, elle se lève, se retourne, et fait face à celui qui provoque ses tourments. L'individu relève doucement la tête, coiffée d'un chapeau noir, pour darder ses yeux de braise sur la jeune femme. Comme étranglée, le souffle coupé, Lunile cesse de respirer puis se met à courir en sens inverse vers l'extrémité du wagon. Dans sa fuite, elle heurte la main d'un voyageur, faisant voler son café brûlant sur le sol. Celui-ci proteste et tente de la saisir par le bras.

—Eh, ça ne va pas !

Mais l'ombre s'empresse de l'écarter en poursuivant sa cible. D'un coup d'œil hagard Lunile mesure la distance entre elle et son poursuivant, pour se jeter enfin dans les toilettes qu'elle ferme vigoureusement. L'oreille plaquée contre la porte, elle n'entend que le son bruyant des roues métalliques sur les rails. Soudain, une fumée noire passe par le dessous de la porte. Sans comprendre, elle panique et se met à hurler au secours. Hélas, le son ne semble pas sortir de la pièce ! De chaque coté du palier, des voyageurs tentent d'ouvrir les portes qui entourent les toilettes, sans succès, comme si une force les maintenait fermées. Rien ne semble gêner leur ouverture et, les figures collées au plexiglas, personne ne semble voir quoi que ce soit dans le sas qui sépare les deux voitures. Les voyageurs insistent pour accéder aux toilettes et manifestent leur impatience. Pendant ce temps, l'homme au blouson de cuir apparaît dans le dos de l'ombre sinistre.

— Ce n'est pas aujourd'hui que tu emporteras ta proie, glisse à l'oreille du sombre personnage l'apparition soudaine.

Sans éveiller aucune attention, comme invisibles à toute présence, les deux mains griffues se retournent pour saisir la gorge du jeune homme. Mais celui-ci les agrippe avec une force surhumaine.

— Tu te trompes, misérable créature divine, je vais en finir avec elle dès que je t'aurai réglé ton compte.

Derrière la porte, Lunile entend l'altercation, ponctuée de bruits de décharges violentes et de coups contre les parois. Il lui semble que toute la pièce va céder, elle s'accroupit et plaque ses mains sur ses oreilles, puis soudain tout cesse, laissant place au bruit rassurant du train. Quelques secondes plus tard s'élève la voix d'un homme qui frappe discrètement à la porte.

— Tout va bien, madame ? Madame ? C'est le contrôleur.

Se remettant rapidement de ses émotions, elle répond avec une voix aussi calme que possible.

— Euh, oui, oui, excusez moi.

Elle déverrouille la porte et tombe face au contrôleur qui sourit. Un voyageur passe alors un peu en force, en lâchant : — ce n'est pas trop tôt… !

Elle s'adresse alors à l'employé du train pour lui parler de son agression.

— Vous n'avez vu personne insister pour entrer dans les toilettes ? dit-elle.

Celui-ci, ne remarquant rien de particulier autour de lui, lève les sourcils.

— Non madame, désolé, je n'ai vu personne. Quelqu'un vous a agressée ?

— Oui, un homme m'a poursuivie jusqu'ici et a tenté de forcer la porte de ces toilettes dans lesquelles je m'étais enfermée pour lui échapper !

Il l'invite alors à déposer une plainte à l'arrivée à Rennes et en attendant, lui demande de ne pas rester seule.

— Vous êtes seule à bord ?

— Oui, lui répond-elle, encore secouée.

— Restez dans le wagon et toujours avec du monde si possible.

— D'accord, merci.

Elle regagne sa place et colle sa tête contre la vitre en regardant dans le vague face au paysage qui défile. Après deux heures de voyage, accueillie par sa mère, Lunile décide d'oublier cette sombre affaire qui semble irréelle. Calée dans le fauteuil de la Peugeot 206 grise, elle reste néanmoins absente de l'instant présent au point de répondre de façon évasive à sa mère. La voiture s'éloigne petit à petit de l'espace urbain pour s'engager dans la campagne rennaise, et approche du petit village de Melesse, lieu de résidence de la famille, à quelques minutes au nord de Rennes. Le ciel est gris, la route humide indique que le temps est à l'averse.

— Tu as fait bon voyage, ma chérie ? lui demande sa mère.

— Ça va. lui répond Lunille, sans conviction, l'esprit ailleurs.

Le véhicule s'engage dans l'allée arborée, en traversant le jardin anglais bien entretenu de la propriété. Arrivée devant la façade d'un beau corps de ferme, la jeune femme replonge comme à chaque venue, dans ses souvenirs d'enfance. Elle descend rapidement du véhicule pour se rendre à la petite étable où elle rejoint, Cali, sa jument. Elle l'étreint en lui glissant à l'oreille.

— Je suis si heureuse de te voir ma Cali. Tu es bien brossée, dis donc.

La belle jument attend patiemment dans son box. Dans sa robe grise tachetée de noir, elle manifeste le plaisir de voir sa maîtresse par de petits bruits de lèvres. La grande ferme en pierre, implantée en bord de village, dessert un domaine de 2 hectares dont une partie est boisée. Le domaine de Melesse représente toute la vie de Lunile. Le bois de la propriété est parsemé de chemins qu'elle aime emprunter à dos de cheval, au contact de la nature et dans le bruissement du vent. Le cœur de la petite forêt abrite un dolmen de petite taille, dont l'existence est bien plus ancienne que la bâtisse. Lors de ses balades, elle aime s'arrêter pour méditer en cet endroit féerique. Après les caresses et les retrouvailles, Lunile se dirige vers l'aile droite de la maison où se trouve l'atelier de son père. L'archéologue passionné ne sort plus de chez lui depuis quelques années. Atteint d'une maladie incurable, il ne voyage plus et se concentre sur la traduction de vieux écrits pour compléter ses travaux qu'il fait parvenir à l'université. Voûté sur son fauteuil de cuir, une paire de lunettes loupe sur les yeux, en train de gratter une vieille page avec un couteau adapté pour la nettoyer, il n'a pas entendu sa fille arriver.

— Bonjour papa ! lui dit-elle pour le surprendre. On t'a rapporté un nouveau manuscrit ?

— Ah, bonjour ma lune, répond rayonnant le père chercheur déconcentré. Tu as fait bon voyage ?

— Si on veut, répond-elle en embrassant le front de son père.

L'érudit se replonge rapidement dans son travail de fourmi. Sur le pas de la porte d'entrée, appuyée contre le mur, se tient une jeune fille qui semble avoir l'âge de Lunile, mais aux traits bien plus jeunes. Le regard jovial et insouciant de la petite bouille au nez plat, fixe la demoiselle avec impatience. Avec difficulté, quelques sons mal articulés sortent de sa bouche pour souhaiter la bienvenue à sa sœur.

Dolaine est la sœur cadette de Lunile. Atteinte de trisomie 21, elle reste au domicile sans espoir d'autonomie à venir. Dans une forte étreinte, les deux êtres se retrouvent et échangent beaucoup de chaleur et d'amour. Les circonstances ont amené la grande à toujours protéger la petite qui lui rend bien un amour sans borne. Charlaine, la maman, se hâte déjà au fourneau pour mettre la tourte au four, tandis que

Lunile la rejoint dans la cuisine.

— Tu n'as presque pas parlé dans la voiture, ma chérie. Quelque chose ne va pas ?

— Paris n'est pas toujours aussi belle. Et je ne m'y sens pas très bien en ce moment.

Après avoir poussé la grille du four, sa mère retire son tablier et l'invite à s'asseoir pour qu'elle lui raconte les derniers évènements qui la conduisent à se sentir aussi mal.

— Raconte-moi, dit-elle en fronçant les sourcils.

— Je me sens épiée et suivie par quelqu'un depuis quelques jours. Sa mère prend un air alarmé.

—Tu en as parlé à la police ?

— Non, maman, ils vont me prendre pour une folle ! s'exclama-t-elle, en se passant la main dans les cheveux, nerveusement.

Charlaine Nollet est une femme d'une grande beauté, à la longue chevelure brune légèrement ondulée. Issue d'une famille très pieuse, elle vécut toute son enfance rythmée par l'église et la vie paroissiale. Pourtant Charlaine ne croit pas en l'église, et en tout ce qui caractérise la religion façonnée par l'homme, car elle a une autre vision du céleste. Proche de la nature et de son essence divine, c'est au contact des choses qu'elle ressent le pouvoir divin. Sa jeunesse, en partie cachée à ses parents, a été le théâtre de cérémonies celtiques et autres vénérations divines au sein d'un groupe de jeunes. Avec eux, elle partagea de nombreux rituels et communions avec la nature. Au-delà de ces jeux d'adolescents, qu'elle prenait très au sérieux, son groupe la considérait comme la prêtresse. Avec une empathie surnaturelle, elle parlait aux animaux, et sa voix était le guide spirituel d'un troupeau égaré. Une marque d'origine inconnue traverse son dos comme une blessure qu'elle n'a jamais expliquée, et qui resta un secret pour toute la famille. Elle sait que sa fille aînée est investie de quelque chose de spécial, et qu'elle est la clé d'un évènement à venir, sans savoir exactement ce que cela pourrait être. Aujourd'hui, engoncée dans la routine de la vie, elle s'efforce de protéger ses enfants avec les moyens qu'elle a choisis : l'amour, la confiance et la sincérité. Assises toutes les deux dans la grande cuisine chargée d'ustensiles, la mère finit par prendre les mains de son enfant.

— Tu dois être prudente et faire attention à toi. Si tu te sens en danger, tu dois en parler aux autorités. Je suis sûre que tu n'as pas rêvé, alors n'attends pas qu'il t'arrive quelque chose !

— Mais maman, tu ne comprends pas ! Ce sentiment d'être surveillée me terrorise et ça se passe toujours dans une atmosphère bizarre.

— Comment ça, bizarre ? lance Charlaine, d'un air à moitié étonné.

— Oui, quand je le ressens, j'entends également des chuchotements incompréhensibles.

— Sois vigilante, dit sa mère d'une voix qui se veut rassurante. Tu es une jeune fille extraordinaire. Il t'arrivera d'entendre des choses soufflées par le vent, et un jour tu auras l'explication. Ton destin ne sera semblable à nul autre pareil, je le sens, je le sais ! Allez, viens m'aider à dresser la table.

A quelques dizaines de mètres, assis sur un banc de pierre de la propriété, l'homme à l'allure angélique, fixe de son regard bleu azur la belle maison de famille.
— Oh que oui, Lunile, ton destin sera semblable à nul autre pareil !

CHAPITRE 3
UNE SOIREE SPIRITUELLE

De retour dimanche soir à Paris, la pluie accompagne le pas pressé de notre jeune libraire. Arrivée au palier de sa porte, les gouttes ont cessé de tomber. Un paquet mouillé portant l'adresse et le nom de la jeune fille a été déposé sur la première marche de l'appartement. Surprise, elle le ramasse et l'angoisse la saisit aussitôt. Comment ce paquet est-il entré dans son appartement ? Trop gros pour franchir la fente de la boite aux lettres, il s'est quand même retrouvé derrière la porte dont elle seule détient la clé. Par réflexe, elle arrête de faire tout bruit pour entendre une présence éventuelle. Seuls les aboiements éloignés d'un chien retentissent. Elle s'apprête à téléphoner à la police, saisit son iphone avec un écran lézardé et active le code de déverrouillage du clavier, puis soudain, s'arrête. Ce paquet a la taille d'un livre et un double des clés est en possession de madame Dullet. Elle déchire le papier et reconnaît, rassurée, un petit mot de sa patronne apposé sur la couverture d'un livre en cuir. « Excuse-moi, pour cette intrusion chez toi, ma petite Lunile, mais il pleuvait beaucoup et je voulais te laisser cet ouvrage ainsi qu'une invitation à venir manger demain soir à la maison. Je te souhaite bon courage pour lundi et je t'attends. » Madame Dullet ne travaille pas le lundi depuis le recrutement de sa nouvelle libraire. Elle laisse ainsi de plus en plus d'autonomie à sa suppléante pour s'occuper de la petite boutique. L'ouvrage semble très ancien de par le feuilletage, mais la couverture robuste est en très bon état. Elle entrouvre la première page et tombe sur l'inscription « anima dæmoniosus » : l'âme du possédé. La propriétaire de la librairie n'a pas l'habitude de lire ce genre d'écrits. Calée dans son petit fauteuil, après avoir récupéré un jus de raisin, et allumé la petite lampe pour minimiser l'éclairage, Lunile s'engage dans la lecture de ce récit. Au fur et à mesure des pages, qui décrivent ce qui pourrait passer pour une sorte de recette : la façon dont certains prêtres exorcisaient les malheureux possédés, au travers de rituels dont elle n'avait jamais entendu parler, elle constate que l'expression inscrite au début du livre, se retrouve de façon incohérente répétée dans plusieurs chapitres. Son téléphone se met à sonner, la sortant de sa concentration.

— Oui maman, je suis bien arrivée à Paris. Tout va

bien.

Le lendemain, le temps gris a laissé place à un ensoleillement mitigé. Elle décide de passer par le square Louise Michèle pour se délecter des senteurs, que la pluie a exacerbées, des fleurs du jardin... En vue de la librairie, elle salue le cafetier d'en face et ouvre sa boutique pour la journée. Comme une phrase hypnotique, l'inscription du livre vient flasher dans son esprit régulièrement : « anima dæmoniosus ». C'est avec une certaine hâte que la jeune libraire ferme la boutique en fin de journée, curieuse de discuter avec madame Dullet, sur ce livre bien étrange. Celle-ci habite un petit appartement dans le XVIII ème arrondissement, aux limites du quartier de Clignancourt. Arrivée devant la porte de l'immeuble, au moment de sonner, un homme sort précipitamment avec un bouledogue tirant sur sa laisse, s'étranglant à moitié. Les regards se croisent et Lunile se retrouve dans l'entrée face à un clavier bloquant une porte vitrée. La gâche électrique retentit pour ouvrir celle-ci. Après avoir gravi quatre étages d'un escalier en colimaçon équipé d'une rambarde en bois finement décorée, elle constate que la porte est déjà entrouverte.

— Entre ! dit une voix qu'elle connaît bien. Installe-toi dans le salon, j'arrive.

L'intérieur de l'appartement est plutôt feutré, avec

une décoration un peu ancienne, et chargé de bibelots. Les tapisseries sont assez sombres mais le tout reste cossu et bien entretenu. Chaque chose est à sa place avec des habitudes et une certaine maniaquerie propre au célibat de longue durée. La table basse est couverte de petits gâteaux sablés ainsi que divers aliments aux contours irréguliers donnant la certitude d'une réalisation maison.

— Je vais te faire goûter un breuvage que tes papilles n'ont jamais effleuré.

— Ce n'est pas trop fort ? demande la jeune fille.

— Il y a quelque chose de fort dedans mais ce n'est pas de l'alcool.

Comme un verre à thé, le petit récipient est richement décoré. Le nectar qui coule de la bouteille a une couleur sombre. Ses lèvres sont d'abord légèrement saisies, puis le contenu devient très agréable, avec un goût de lait de coco. La conversation s'installe sur le paquet surprise de la veille, entrecoupée de délicieux gâteaux fondants. La boisson se laisse consommer aisément au point de provoquer de légers troubles de la vue et un bien-être évident. Les rires se mêlent à la discussion.

— Avez-vous vu cette répétition de l'expression à de nombreux endroits du livre ? questionne la jeune fille. Anima dæmoniosus, prononce-t-elle.

A cet instant, un flash vient grimer le faciès de la propriétaire avec des cheveux hirsutes, deux yeux noirs exorbités et une rangée de dents pointues et acérées sur un teint de peau sombre. En un instant, le visage doux et souriant de la vieille dame réapparaît. Lunile sursaute.

— Mais qu'y a-t-il, ma petite ? On dirait que tu as vu un fantôme, dit tout à coup la femme.

— Je crois avoir trop abusé de votre liqueur, réplique Lunile les joues bien rosies.

Il semble soudainement qu'un brouillard noir se glisse par-dessous la porte du salon, et des personnes aux regards terrifiants apparaissent au bout d'un couloir sombre. La jeune fille laisse tomber son verre sur le tapis et se redresse, glacée d'effroi.

— Qu'as-tu ma belle ? Qu'as-tu vu ? répète de façon lancinante sa patronne.

Le tempérament bouillonnant de la jeunette la pousse au réflexe de survie, brisant la tétanie qui s'empare d'elle. Faisant preuve d'un sang-froid inouï, elle dit quelques mots pour s'excuser, et prend la fuite sans regarder derrière elle. Passée la porte, elle descend quatre à quatre les marches qui la conduisent vers l'extérieur. Essoufflée, après avoir couru une centaine de mètres, elle se ressaisit pour revenir à la réalité, et finit par rentrer chez elle, le ventre encore noué.

Le lendemain, après une très mauvaise nuit, elle décide d'appeler la librairie pour renouer le contact et la voix douce qui lui répond la rassure.

— Bien sûr Lunile, tu peux rester chez toi aujourd'hui. Ne t'inquiète pas, je ne suis pas vexée. Tu n'étais pas bien. On remettra ça.

CHAPITRE 4
LE GARÇON REBELLE

La nuit est tombée depuis deux bonnes heures. Cramponné sur son scooter, l'aiguille du compteur kilométrique calée sur 60 km/h, Anton slalome en virtuose entre les quelques voitures qui parcourent encore le boulevard de la Chapelle dans le centre de Paris. Suspendu au-dessus de sa tête, le métro de la ligne 2 grince sur ses rails pour conduire les derniers travailleurs du jour dans leur humble demeure. Un coup de frein, un crissement de pneus et le scooter s'arrête à l'adresse enregistrée dans son Smartphone. D'un geste rapide, il lève sa visière, décroche les deux boites rectangulaires estampillées PizzaPaname encore chaudes, du porte bagage. La sonnette de l'interphone laisse entendre une voie rauque suivie d'un clap électronique d'ouverture.

Pour Anton, la soirée va se prolonger jusque tard dans la nuit, après avoir livré une quarantaine de pizzas. Son travail assure son budget-nourriture mensuel, mais cela n'est fait que pour arrondir ses fins de mois quelque peu difficiles. Issu d'une famille modeste de cinq enfants, il habite encore chez ses parents à Saint Ouen, en bordure Nord de Paris. Au deuxième étage d'un appartement en brique rouge, le quartier du cimetière a toujours été calme. Habitué à se débrouiller seul, bien qu'il soit le cadet, sa journée est parsemée de petits boulots qui tournent autour de la livraison. Son préféré reste la livraison de livres neufs, pour un grossiste parisien aux petites librairies indépendantes. En effet, ses micro-boulots ne lui rapportent pas grand-chose, mais avec le grossiste, et son responsable, il a toujours l'occasion d'avoir quelques dernières nouveautés en matière de mangas, avant tout le monde et de façon gracieuse.

Anton est un passionné. Depuis qu'il sait lire, il pratique la bande dessinée et plus récemment la sphère des mangas. Depuis qu'il s'adonne à l'art de l'informatique, il pratique les jeux vidéo. Il aime s'évader dans des mondes fantastiques et s'identifie aux héros de ces univers. Des heures durant, il s'arrache au monde réel pour voyager, virevolter, découvrir, et s'imaginer protéger, guerroyer et se dresser en grand stratège. On le considère comme un rêveur pragmatique car il sait très bien être au fait de la réalité pour son quotidien. Du haut de ses 1m80, à la fois fin et musclé, une mèche brune rebelle vient souvent gêner la vue de ses yeux d'un bleu profond. Avec son cuir vissé au corps, son jean noir slim, et son pull foncé venant soutenir une barbe soignée de trois jours, il fait jeune adolescent débrouillard. Ce Week-end, Anton va fêter ses 21 ans. Pour l'occasion sa mère lui prépare une petite surprise avec tous ses vieux amis du lycée. Comme elle dit, 21 ans c'était la majorité à mon époque, alors il faut marquer l'évènement. Son père a travaillé dur toute sa vie pour que ses enfants aient les moyens de s'en sortir. Les quatre frères et sœurs ont bien trouvé un travail stable après de courtes études. Le petit dernier procure beaucoup de soucis dirait son père, mais il est malin et a bon cœur, alors il devrait trouver son chemin.

Ce samedi matin, dans la chambre en désordre, la fenêtre légèrement ouverte laisse passer une brise qui réveille le jeune garçon. Il n'est pas loin de midi. La mère d'Anton fait déjà frire du poisson dans une large poêle qui répand une odeur de grillé dans tout l'appartement. David, le plus grand de la fratrie tambourine à la porte de la chambre.

— Hé, debout vieille loque ! Maman a préparé une surprise.

La veille au soir a été dure. Rentré à quatre heures du matin après une virée avec les potes de la pizzéria pour fêter ses 21 ans, l'alcool est encore bien présent dans son sang et une enclume résonne dans sa tête. Suzanne et les deux benjamins n'habitent plus dans la demeure familiale. Autour de la table le père, et l'aîné qui semble mettre un point d'honneur à venir manger chez ses parents tous les midis de tous les week-ends pour briser sa solitude de célibataire, regardent d'une façon blasée, le jeune écervelé fraichement sorti de son lit.

— A table ! crie la mère, le récipient à la main garni d'huile et de poissons frits. On t'a préparé une petite surprise avec quelques-uns de tes anciens amis du lycée, ce soir à la maison, renchérit-elle.

Le père et le frère acquiescent de la tête. Anton sort, la mine déconfite. C'est vers vingt heures, que sa vieille bande du lycée débarque à Saint-Ouen. Parmi les six frères d'armes inséparables des années lycée, la plupart ont adopté un look plus classique et une allure plus rangée, signe d'une démarche d'étudiants en école sélective. L'un d'eux, Greg, a gardé ses cheveux longs mélangés à quelques rastas, et une tenue un peu hippie. Il était le chef du clan en première au lycée et surtout le gourou de leurs pratiques sataniques. Ce qui les a soudés, par-delà la cour d'école, c'est bien leurs séances de rituels démoniaques auxquelles étaient invitées quelques filles en recherche de sensations fortes, et surtout faciles à effrayer. La soirée démarre avec les confections culinaires de la matriarche, et tout le monde échange sur le devenir de chacun.

Quelques boissons alcoolisées ajoutent aux crises de rire ambiantes. Plus tard, le petit groupe migre vers la chambre d'Anton pour se rappeler les grandes nuits de pleine lune. Bien sûr, Greg, grand orateur par nature, prend un malin plaisir à conter leur meilleur rituel.

Ce soir là, au cœur du parc de la légion d'honneur, près de la basilique cathédrale de Saint-Ouen, le groupe de jeunes s'apprêtait à accomplir leur plus grand acte de démonologie de leur courte histoire d'adolescents. Confectionnées pour l'occasion, les grandes toges rouges pourpres et noires avaient été enfilées. Quatre jeunes filles des plus sensibles avaient été choisies et invitées à la cérémonie. Tout le décor était soigné avec les bougies, la poule dans sa cage, et les pots d'encens. Chaque garçon portait un maquillage des plus terrifiants. Le pot de peinture rouge servait à dessiner le pentacle sur le sol. Un vieux grimoire rédigé à plusieurs depuis des semaines faisait office de socle central. Les ombres s'agitaient sur les arbres au rythme des bougies. Tout semblait solennel et réaliste au poing de glacer le sang des jeunes vierges. Quelques rires fusaient entre les filles, pas vraiment prêtes à voir la suite. L'atmosphère se crispa quand le gourou saisit la poule de la cage en psalmodiant et lui coupa le cou avec un poignard de sacrifice. Le sang se répandit sur le pentacle, devant les yeux ébahis des adolescentes, pendant qu'un autre jetait des pincées de poudre de pétard sur certains foyers enflammés, engendrant des bouffées d'étincelles et de fumée. Une concoction fortement alcoolisée tournait parmi les convives et n'allait pas tarder à plonger certaines dans un état second. En situation de transe, le maitre de cérémonie décida de placer une fille sur un autel pour rendre encore plus crédible la liturgie. A moitié d'accord mais à moitié engourdie, elle se retrouva portée par les garçons et mise en sous-vêtements. Le sang encore frais du poulet coula dans le creux de son cou, entre ses seins et sur son ventre. Elle se contorsionnait légèrement au fur et à mesure que les autres membres levaient les mains en l'air, en cercle autour d'elle en répétant de façon lancinante : « Salomen drakus, salomen drakus ». A la surprise de tous, la jeune fille victime du rituel fut prise de convulsions extrêmement violentes. Ses yeux se révulsèrent pour apparaitre complètement blancs. Pris dans le jeu, Greg en rajoutait encore plus en hurlant, mais Anton sentait que ça tournait mal. Il saisit le poignet de la sacrifiée pour la sortir de sa torpeur mais il fut projeté à terre par une force inexpliquée. Secoué, le jeune garçon se mit à entendre des voix qui lui soufflaient dans les oreilles. Mais, soudain, deux lumières éblouissantes vinrent aveugler la petite troupe et une voix tonitruante s'exclama.

— Ne bougez pas et arrêtez tout ! Bon sang, foutus gamins !

La police municipale venait d'interrompre la petite

soirée organisée qui garda un goût d'inexplicable pour certains et de grand moment pour d'autres.

— On n'a jamais su si la fille avait joué la comédie ? envoya Anton. Comment elle s'appelait déjà ?

— Je crois que c'était Karine, il me semble » répliqua Greg.

Les souvenirs s'enchaînent au fur et à mesure que la soirée s'avance, et les copains regagnent leur chez-soi après ces retrouvailles sympathiques et la satisfaction de l'organisatrice.

CHAPITRE 5
LA RENCONTRE

Ce lundi matin, l'accident de bus sature les entrées nord de Paris. Anton a récupéré un gros scooter avec un carton rempli d'exemplaires d'une quelconque nouveauté ; ils doivent être livrés aux quatre librairies de Montmartre qui en ont fait la commande. Ce quartier est une vraie plaie à livrer, entre les touristes, les rues étroites en pente raide, et les autorisations d'accès. Jean-Paul, le responsable, sait que l'exercice est délicat et confie en toute confiance la tâche à notre jeune livreur. Le dernier manga de poche « les légendaires – origines » glissé discrètement dans sa main, le voilà parti avec une adresse incroyable sur les rues pavées du quartier pittoresque. Après une bonne virée dans le XVIIIème arrondissement, Anton arrive à l'angle du square Louise Michel tout près de sa dernière livraison devant la Halle Saint-Pierre. Les derniers promeneurs du matin avant de partir au travail dévalent précipitamment les escaliers du jardin arboré. Le carton de livres à bout de bras, notre livreur s'engage vers la librairie. Lunile l'a vu arriver et s'empresse de dégager de la place parmi les cartons livrés précédemment. Les deux jeunes se retrouvent face à face. Pressé, Anton a simplement relevé la visière de son casque. Les regards se rencontrent de façon magnétique. La jeune fille semble se perdre dans le bleu des yeux du livreur. Aucun son ne veut sortir de leur bouche, on dirait que Méduse les a pétrifiés. La situation devient presque insoutenable. Elle ressent une douleur au ventre, qui traverse tout son corps ; et lui comme une onde électrique qui hérisse les poils de sa peau. Machinalement il pose le carton à terre, laisse échapper un mot, et cherche un stylo dans sa sacoche.

— Bonjour madame, vous pouvez me signer ce bordereau ? Merci.

— Attend…attendez, je voudrais vérifier que tout y est ! bafouille maladroitement Lunile.

Le garçon sourit.

— Oui, bien sûr, répond-il, exhibant une rangée de dents toutes blanches.

Un frisson parcourt de nouveau l'échine de la libraire et, étrangement, son poil se hérisse sur les bras. Les deux jeunes se fixent pendant qu'elle signe le papier de livraison. Anton rabaisse sa visière et se retourne lentement. Le manga encore neuf tombe de sa poche arrière. Elle le voit, le ramasse et l'interpelle.

— Vous avez laissé tomber ça, ceci…

Il le saisit maladroitement en bafouillant un merci dans son casque.

Puis elle reprend timidement.

— Vous lisez ce manga ?

— Euh, non, enfin oui, j'adore, répond-il.

— Ce tome n'est pas encore en rayon, n'est-ce pas ? renchérit-elle avec cette sensation d'électricité dans l'air.

— Oui, euh non, c'est mon patron qui me les passe en avance de quelques heures.

— C'est génial, balance-t-elle, avec une petite moue nerveuse. Moi aussi je peux lire en avance.

— C'est l'avantage d'être libraire, dit-il. Bon, je …euh…au revoir ! Je dois y aller.

Quelques bonnes minutes sont nécessaires à notre transporteur pour se remettre de sa rencontre, alors que notre libraire se perd dans ses pensées, le regard bleu du jeune inconnu flashant comme un stroboscope dans son esprit bouleversé.

Malgré sa journée marathon, Anton ne peut effacer de son esprit le visage de cet ange aux cheveux bruns qu'il a croisé ce matin. Sa pensée est puissamment aimantée par ce visage souriant, et la nuit qui suivit fut également hantée par la même apparition. Ce n'est que le surlendemain qu'il comprend que cette fille l'a envoûté d'un seul regard. Depuis, son cerveau ne cesse d'élaborer tous les moyens possibles de la rencontrer rapidement à nouveau. Une librairie, se dit-il, c'est la solution la plus simple pour la croiser en échangeant des propos sur sa passion des mangas. Cette seconde rencontre non programmée fut aussi surréaliste que la première. Jamais Anton n'avait ressenti cela. Lunile n'avait pas souvenir non plus de telles sensations. D'abord, les regards se croisent furtivement en essayant de ne pas embarrasser l'autre, puis les langues se délient. En bonne conseillère, Lunile aborde le sujet propice au lieu de rencontre. Sa grande connaissance de la littérature manga ka est un bon prétexte pour aborder la question, outre le fait que la librairie ne propose pas ce genre de lecture. D'abord, le jeune homme écoute, puis il donne son avis sur les dernières nouveautés et finit par savourer, sans réfléchir, ses paroles. Rapidement les deux jeunes se trouvent beaucoup de points communs. Les rencontres se succèdent à la librairie et deviennent de plus en plus amicales au point de déplacer et surtout de prolonger la discussion. Ils se retrouvent à partager des passions sur les réseaux sociaux, deviennent amis sur Facebook, s'interpellent à longueur de journée sur WhatsApp.

L'envie de se créer des moments plus intimes, tels que boire un verre un soir sur la terrasse d'un café de Montmartre, devient omniprésente. Inexorablement, comme inscrit dans les lignes du destin, les deux jeunes âmes se rapprochent, s'entrelacent, et fusionnent. L'attirance est si forte que le temps qui les sépare, devient un supplice. Les week-ends de printemps sont ensoleillés et donnent à cette nouvelle idylle, l'occasion de batifoler dans Paris tels des papillons. Un soir de Juin, alors que la lumière ne veut pas disparaitre au profit de la nuit, sur les marches du Sacré-Cœur, les yeux dans les yeux, les cheveux légèrement agités par la brise de l'été approchant, Lunile caresse doucement du bout du doigt la pomme de la main du garçon.

— Tu rêves de quoi dans la vie ? lui demande –t-elle

— Je rêve de voyage et de liberté. Parfois je voudrais être un oiseau pour fendre l'air à toute vitesse.

— Un oiseau de quel genre ? Aigle ou vautour ? lança-t-elle.

Il étend alors les bras comme s'il voulait planer et dit :

— Un immense oiseau qui puisse aller où il veut dans le monde. Anton remarque le regard enivré par l'amour que lui jette Lunile et ajoute : Un oiseau avec d'immenses ailes blanches qui pourrait te protéger et te réchauffer. Il replie alors ses bras autour d'elle comme pour l'envelopper. Elle se met à fixer ses lèvres, son regard irradie une chaleur intense. Elle sent ses mains parcourir son dos et les deux visages se rapprochent. Ils échangent un baiser.

Voilà maintenant une semaine que les deux jeunes gens se fréquentent. Ils se sont abandonnés à la fièvre de leur corps ; et le temps semble se distendre entre les moments passés ensemble. Ce grand soir se présente comme le plus extraordinaire. Lunile invite Anton à venir manger chez elle. Celui-ci a pris sa soirée auprès de son patron. La revue complète est réalisée, avec un passage chez le coiffeur et une bonne heure et demie dans la salle de bains, au grand dam de sa mère. Fin prêt, il enfile son éternel cuir noir, son casque, et aperçoit son père qui passe la tête par la fenêtre jouant son rôle d'éducateur :

— Tu as ce qu'il faut dans le portefeuille, mon gars ? Anton reste une seconde sans réaction, pensant d'abord à de l'argent pour la soirée. Son père revient à la charge. Pour te protéger ? ajoute-t-il d'un air entendu et presque coquin.

Faisant un bref signe de la tête, désabusé, Anton

démarre le scooter et file à toute allure vers le XVIIIème arrondissement. Accéder à la petite rue au sommet du quartier de Montmartre reste une épreuve pour la vieille mécanique du pizzaïolo. Une fois garé à proximité de la porte d'entrée, son casque à la main, Anton réfléchit.

— Il ne faut pas que je gâche tout ! Si elle ne veut pas, je n'insiste pas, se répète le garçon.

Machinalement, son œil est attiré par une gargouille au coin de l'immeuble qui semble afficher un air approbateur. La sonnette retentit. Il entend les petits pas dans l'escalier, la porte s'ouvre et sa vision tombe sur un ange au grand sourire qui lui tend la main pour l'inviter à entrer.

La soirée se déroule merveilleusement. Lunile n'est pas habituée à cuisiner, d'autant plus que l'endroit n'est pas adapté aux grandes préparations. Elle décide, tout de même, de faire les choses en grand. Internet lui a fourni une recette de pâtes accessible à ses compétences avec les produits les plus frais du marché. Un mélange de basilic et de parmesan avec quelques morceaux de jambon italien finement ciselés, relevé d'un filet d'huile d'olive couronne une appétissante présentation de spaghettis. Les heures défilent comme des minutes, et les deux corps brûlants se rapprochent. Un baiser plus langoureux met la passion des deux êtres au diapason. Les caresses se font de plus en plus ardentes, le souffle devient haletant.

— Jamais je n'ai ressenti ça pour un garçon, lui glisse-t-elle à l'oreille.

— Moi, je kiffe ton sourire, je kiffe tes lèvres, je kiffe tout de toi, lui répond-il légèrement essoufflé par la tension croissante.

— Tu serais prêt à faire quoi pour moi ? renvoie-t-elle.

— A te protéger contre quiconque essaierait de te faire du mal. Je ...je t'aime Lunile. Oui je sais, ça fait à peine une semaine qu'on se connaît mais mon âme semble scellée à la tienne comme si je te connaissais depuis des siècles.

Les baisers se font de plus en plus sensuels. Les mains parcourent les corps brûlants. Bientôt, ils se retrouvent dans le petit lit d'étudiant. Lunile le fixe du regard, nez contre nez et Anton comprend que le moment est rare, privilégié. Elle se blottit dans ses bras, leur respiration et leurs fluides se mélangent, alors que les secrets de leur intimité se dévoilent. Leurs énergies fusionnent au rythme des va-et-vient du corps du jeune homme entre ses jambes. Les yeux grands ouverts pour regarder le plus longtemps possible l'être qui a emprisonné son cœur, chacun finit par s'endormir.

Depuis plusieurs semaines, le jeune homme passe pratiquement toutes ses soirées chez Lunile. Chargé de pizzas, de salades élaborées et de temps en temps de glaces à la crème, qu'il récupère en partant de son travail, il profite de son âme sœur dès qu'il le peut. Celle-ci prévient parfois ses parents qu'elle ne rentre pas le week-end ; et après un été chaud à déambuler dans Paris, ils décident ensemble de passer un samedi-dimanche à la maison de campagne de Melesse près de Rennes. Sûr de lui et prêt à faire toutes les concessions pour sa belle, une légère angoisse le saisit au moment de monter dans le train. Les beaux parents représentent un certain engagement de sa part mais également de Lunile auprès de sa famille. Cette démarche exprime un niveau d'engagement encore jamais atteint entre les deux amoureux, en introduisant des proches et des sentiments supplémentaires. C'est donc en fin de matinée, ce samedi, que le train transportant nos deux jeunes arrive en gare de Rennes. La foule crée un flux important de voyageurs venus pour le lancement de l'exposition d'art contemporain organisée par la ville chaque année à cette période. Après une respiration profonde pour se galvaniser et en prenant la main de sa moitié, il se dirige en souriant vers la sortie de la gare. Sur l'esplanade, Charlaine attend patiemment, profitant d'un rayon de soleil. Les formules de politesse échangées, tout le monde monte dans la Peugeot 206 grise. Quelques questions pour rompre la glace sont lancées par les uns et les autres.

— Alors Anton, comment tu trouves Paris ? lance la mère avec assurance.

— J'ai vécu toute ma vie en banlieue parisienne, madame, je ne connais pas autre chose.

— Pas de madame, s'il te plait. Je veux que tu me tutoies et que tu m'appelles Charlaine.

— D'accord, madame, répond maladroitement le jeune homme.

Lunile lâche un petit rire taquin. Les deux jeunes sont assis à l'arrière, ce qui permet à Anton de remarquer le petit bout discret de tatouage qui apparaît dans la nuque de la femme qui lui parle. Pour créer entre eux plus d'intimité, il s'apprête à l'interroger quand la voiture s'immobilise à l'entrée de la propriété. La somptueuse allée de peupliers laisse sans voix. Toute arrivée à la maison de campagne obéit toujours au même rituel de visite auquel se rajoute un nouvel élément. D'abord elle l'entraine vers l'étable pour lui présenter sa jument.

— Tu aimes les chevaux ? questionne-t-elle, sans ralentir son pas rapide et léger.

— Oui…j'adore les bêtes ! D'ailleurs j'ai déjà eu deux chats chez moi, répond rapidement et sans conviction, le garçon.

Après quelques caresses, et les présentations faites, de façon chaleureuse, Lunile se dirige vers l'atelier du père.

— Ne t'inquiète pas, dit-elle. Mon père est un peu immergé dans ses pensées, tel un savant un peu fou mais surtout passionné. Il va t'adorer si je lui dis que je t'adore !

Anton sourit sans parler car il sait que c'est un moment crucial. La rencontre avec le père et sa fille chérie est sans doute décisive pour l'avenir.

— Mais…. tu lui as parlé en bien de moi ? demande-t-il craintif.

— Mais oui, je te taquine….

Le bonjour passé, l'homme au regard vif demande :

— Tu sais lire mon garçon ? car ici, c'est un peu le paradis du livre.

La jeune fille s'exclame d'un ton amusé : — il plaisante ! Ne t'inquiète pas.

— Bien sûr ! réplique celui-ci.

— Bienvenu chez nous, alors, lance le père d'un ton moqueur.

Le jeune homme fait quelques pas dans l'immense

atelier de l'archéologue. La salle voûtée, chapeautée d'un grand hublot déversant un torrent de lumière sur un amoncellement de manuscrits, dégage une senteur de vieux cuirs. Certaines étagères semblent porter des trésors de littérature. D'autres supportent des piles de livres mal rangés couverts de poussière. Une toile accrochée au mur évoque une scène d'anges, nus, entourant des hommes qui leur demandent de l'aide. D'autres peintures relatent des scènes de guerres remontant à la nuit des temps. Beaucoup d'ouvrages semblent traiter de l'empire Ottoman, comme le savait très bien le garçon, pour l'avoir entendu dire par sa douce moitié. Il y a de quoi consacrer une vie entière à lire ces textes, mais un tome poussiéreux de cuir beige aux inscriptions dorées, attire particulièrement l'attention du jeune homme.

— Tu as vu comme les inscriptions brillent sur ce livre ? dit-il à haute voix.

— Non, je ne vois rien qui brille, répond Lunile.

Le garçon se fraie un passage jusqu'à l'étagère où il a repéré l'étrange phénomène. Alors qu'il s'apprête à saisir le bouquin, tout d'un coup, à son contact, il se retrouve dans une pièce noire. Autour de lui les murs sombres semblent être recouverts d'un liquide rougeâtre en perpétuel mouvement du plafond vers le sol. Une seule ouverture, à peine visible dans l'obscurité, lui fait face. Une silhouette se présente à l'entrée, la tête inclinée. Puis elle la relève lentement : deux yeux jaunes flamboyants sont dardés sur lui ! Une tape sur l'épaule arrache Anton de sa vision.

— Vas-tu bien ? demande la jeune fille, on dirait que tu as croisé la route d'un fantôme ! Mais il ne répond pas, et se dirige vers la sortie en faisant un signe de tête respectueux au savant.

En sortant de l'atelier, le teint légèrement pâle, il regarde Lunile.

— Tu n'as rien vu à l'intérieur ?

— Mais, non ! De quoi parles-tu ?

— Les murs rouges, et le type aux yeux jaunes…! dit-il nerveusement.

— Tu as dû rêver, sourit-elle en coin, se rappelant son poursuivant aux yeux jaunes dans le train.

— Excuse-moi, j'ai eu un moment d'absence, conclut-il.

A quelques centaines de mètres, dans le bois du domaine, au cœur de la petite clairière, le dolmen se met à palpiter et à émettre une lumière douce. C'est un trait lumineux qui part du sommet vers la base, comme si une porte voulait s'ouvrir vers une autre dimension. Dans l'interstice grandissant, deux silhouettes apparaissent.

— Son moment est proche, dit l'une d'elle.

— Oui. Il faut la protéger à tout prix, répond l'autre.

— Doit-on avertir sa mère ? reprend la première.

— Non, pas encore, cela pourrait la mettre en danger. Protège le domaine jusqu'à leur départ.

Le week end se déroule sans trop de tension pour les deux jeunes. Après quelques repas bien arrosés, ils reprennent le chemin de Paris.

CHAPITRE 6
L'ASCENSION

Ce matin, il pleut sur Paris. Ce jour de Novembre ne donne pas envie de se lever. Même les oiseaux font silence. Lunile a fini sa période de stage à la Halle Saint-Pierre à Montmartre et se destine à une carrière de libraire. Contente de son travail, madame Dullet lui a proposé un emploi définitif. Les derniers mois ont été difficiles. La mort du père absent a profondément affecté la jeune étudiante. Des nuées de souvenirs viennent obscurcir son esprit. Emporté en quelques semaines par un cancer, mais malade depuis des années à l'insu de tous, il avait réuni dans une petite malle en bois exotique tout ce qu'il souhaitait voir en la possession de sa fille. Elle ne trouve pas encore le courage d'ouvrir la boîte à secrets. Plongée dans l'affliction, sa mère se consacre davantage à ceux qui n'ont pas eu de chance à la naissance, comme elle dit.

Heureusement, Anton est là, bienveillant, aimant et protégeant sa douce compagne. Après avoir décidé qu'ils se retrouveraient pour manger un morceau à midi dans un petit café de la Butte, Anton partit faire ses livraisons. Il la regarde avec tant d'amour et étreint ses mains avec une telle douceur que la chaleur que cela lui procure l'aide à poursuivre la journée. Le soir venu, dans l'insouciance magique que confère l'amour, elle monte derrière lui sur le scooter, et appuie le casque qui protège sa tête contre le dos de son chevalier qui file à toute allure dans les rues de Paris, au gré du vent. Le ciel s'est dégagé laissant, au travers de la pollution lumineuse, apparaître quelques étoiles. Assis sur un banc près du Sacré-Cœur, blottis l'un contre l'autre, leurs pensées se mêlent pour voyager ensemble. Aucune de ces deux âmes ne se doute alors que le destin va changer le cours de leur existence. Le froid commence à pénétrer la petite veste en cuir de Lunile : ils décident de rentrer. Toujours avec une grande dextérité et une parfaite connaissance des rues, Anton se faufile dans le XVIIIe arrondissement. A bonne allure, les services de collecte des déchets qui travaillent de nuit, avancent leur tournée. Consacrant l'emprise de l'ombre sur la ville, un voile démoniaque semble recouvrir le carrefour, restreignant considérablement la visibilité des deux jeunes gens. Cependant, le scooter file avec une grande vélocité et s'approche du croisement... En une fraction de seconde, le choc se produit !

« BAMMM.»

Violence inouïe ! Les deux engins motorisés se percutent. C'est David contre Goliath ! Tel un insecte projeté sur un camion, la moto se fracasse contre une benne en projetant nos deux amoureux à plusieurs mètres. Le conducteur, comme si une force inexpliquée lui avait bandé les yeux, n'a rien vu venir sur sa droite, ressentant à peine le choc dévastateur et meurtrier. Après l'explosion de bouts de métal et de verre, un silence absolu et oppressant vient peser sur l'accident. Inerte, au sol, le corps disloqué du jeune livreur ne bouge plus. A 10 mètres de là, ensanglantée et pénétrée d'un froid mortel, Lunile entrouvre les yeux sans pouvoir bouger. Elle sent sa vie fluer hors d'elle lentement, et la souffrance qu'elle ressent est telle qu'elle souhaite que tout finisse. Aucun bruit ne parvient à ses oreilles, comme si du coton les obstruait. De longues minutes passent et il lui semble voir les visages s'évaporer devant ses yeux. Plusieurs personnes s'affairent autour d'elle, une autre appelle les secours avec son téléphone portable. Au loin, une sirène étouffée semble se rapprocher et le noir, tout à coup, laisse place à la lueur du lampadaire.

Soudain, une intense clarté, et un couloir qui défile, angoissent la jeune libraire. Des gens habillés de blanc, à la voix lointaine, semblent s'adresser à elle sans qu'elle puisse comprendre. Des mains la touchent, mais elle ne ressent aucun contact. Puis le noir projette à nouveau son voile. La lueur bleutée qui éclaire, dévoile doucement un plafond blanc. Sous un enchevêtrement de tuyaux qui lui donnent la vie, elle repose, immobile sur ce lit, dans cette pièce vitrée et hermétique. Il lui semble qu'elle perçoit sa mère, le regard perdu sur elle, regard triste et mouillé. Soudain une pensée terrifiante la traverse. Que s'est-il passé ? Où est son amour éternel, sa raison de vivre ? Que fait sa mère ici, avec des yeux qu'elle connaît si bien, qu'elle a déjà vus il y a peu. Des yeux noyés dans le chagrin d'un mari disparu trop vite. Et, elle, que fait-elle debout, à coté de son corps inerte, en train de se battre pour qui, pourquoi. La terreur s'empare de son esprit, et puis elle voit cet homme assis au coin de sa chambre, qui lève doucement les yeux vers elle. Il porte un vêtement humble de coton blanc, avec des chaussures témoignant d'un passé lointain. Ses lèvres prononcent quelques mots qu'avec surprise elle entend distinctement.

— N'aie crainte, Lunile, laisse-toi aller doucement. Je t'attends et j'ai tout mon temps.

Du corps de cet homme émane une chaleur rassurante et sa voix, si douce et persuasive incite la jeune fille à se calmer. Mais, l'absence de son tendre amour la rend à nouveau nerveuse. Elle s'approche alors de la vitre où se trouve comme séparée par une barrière invisible, sa mère, oubliant qu'elle a quitté son corps. Effrayée par le fait qu'elle ne la voit pas, elle se met à taper de toutes ses forces sur ce mur de verre infranchissable. Rien n'y fait. La femme derrière, immobile et triste, ne remarque rien et fixe cette enfant allongée sur le lit.

— Maman, c'est moi, je suis là, crie-t-elle.

A présent, l'homme vêtu de blanc se place juste derrière elle et pose sa main sur son épaule. Surprise de sentir ce contact, elle qui ne ressentait rien depuis des heures, elle se retourne et n'ose comprendre que, lentement, le corps de cette jeune femme sur ce lit d'hôpital, laisse s'échapper la vie. Sa vie !

— N'aie pas peur, répète l'homme. Je suis venu pour toi, et nous prendrons le temps dont tu as besoin. Cela va aller assez vite, tu vas tout comprendre.

Après plusieurs heures passées dans cette chambre, transportée au-delà des angoisses, Lunile ne ressent plus aucune sensation humaine. Les lumières se tamisent, et l'image de sa mère s'efface. L'homme est toujours là, souriant, et calme. Elle décide de s'asseoir à coté du lit, face aux instruments qui indiquent que le corps allongé résiste encore à l'envie d'en finir, mais avec d'infinies difficultés. Plusieurs personnes passent dans la chambre sans la voir, dans une indifférence totale. Poussée par la curiosité, elle finit par adresser quelques mots à l'homme, seule personne sensible à sa présence.

— Est-ce que c'est bien moi sur ce lit ? Suis-je en train de partir ?

— Oui, lui répond-il avec une extrême douceur, et une sincérité abrupte. Tu vas mourir... et cela va se passer quand tu vas prendre réellement conscience, toi en tant qu'esprit, que c'est la fin. Quand tu seras prête, je te tendrai la main et tu me suivras ; car pour toi, ce n'est que le commencement.

Elle se relève alors lentement et se penche au-dessus de cet être qui lui ressemble tellement, et qui lui devient pourtant étranger. Elle rapproche son visage, jusqu'à l'effleurer, du visage de l'agonisante : pauvre être intubé, chairs tuméfiées... Elle fixe les paupières de la morte-vivante. Soudain, les deux grands yeux noisette s'ouvrent. Elle semble se voir dans leur eau, et se perdre dans un infini étoilé, quand dans un sursaut, ce visage se détend ; ainsi que le corps, peu après, qui s'apaise et se délivre de toutes ses souffrances. Plusieurs personnes se précipitent dans la chambre comme pour retenir quelqu'un qui tente de s'en arracher, et finissent par recouvrir la jeune fille d'un drap blanc qui ne peut plus la réchauffer.

L'homme se tient à nouveau à côté d'elle.

— Maintenant, je crois que tu es prête, lui dit-il, avec un sourire apaisant.

La pièce est petite et sombre. Chaque mur est

recouvert d'armoires à casiers mortuaires. La façade Sud est pourvue d'une grille aux motifs en fer forgé bien travaillés. Assis dans un coin, la tête calée entre les genoux, dans un habit blanc, le jeune garçon ne comprend toujours pas pourquoi il ne ressent ni froid, ni vent, et n'entend ni son, ni paroles. Depuis des jours, sans que la faim le tenaille, il attend ici, sans comprendre. De temps en temps, il voit bien passer des gens au regard triste, portant des fleurs, mais personne ne s'arrête devant ce qui semble être son dernier refuge. Soudain, une voix claire, proche, s'adresse à lui. Enfin on le remarque. Mais qui est cette personne ?

— Alors bonhomme, tu comptes rester là pour l'éternité ? dit l'homme au regard sombre habillé d'un cuir épais, presque trop petit pour lui, laissant deviner une musculature imposante.

— Allez, debout, suis-moi, on t'attend.

Un corbeau vient se poser sur la grille qui interdit toute sortie, et se met à croasser sardoniquement.

— Tu n'es plus de ce monde, Anton, annonce brutalement l'être sombre. Ce qui t'entoure n'appartient pas à ce que tu vas connaître car tu n'es plus constitué de chair et de sang.

La jeune femme se sent légère et apaisée. Avec une confiance qu'elle ne saurait expliquer elle suit l'inconnu qui l'a veillée depuis des heures. Tout deux se dirigent vers le mur du fond de la chambre d'hôpital, ne montrant aucune issue apparente, quand soudain, un trait vertical de lumière rectiligne se détache du plafond pour venir heurter le sol. Devant les yeux ébahis de Lunile, une véritable porte de lumière blanche vient de s'ouvrir, dans laquelle s'enfonce ce nouveau protecteur qui laisse sa main trainer derrière lui comme pour lui indiquer de le suivre sans crainte. Tout son corps s'enfonce dans la clarté, et elle semble s'envoler, tourbillonnant dans cette immensité lumineuse. Tout être normalement constitué serait terrifié, mais elle se sent bien. Ils finissent par arriver sur un grand parvis de pierres naturelles magnifié par un ciel bleu éclatant. La lumière s'estompe peu à peu pour laisser apparaître un groupe de jeunes poupons ailés, d'à peine un mètre de haut, ne disposant pour seul vêtement que d'un emmaillotage de coton. Devant elle se tiennent cette dizaine d'êtres angéliques tout droit issus d'une bible illustrée qu'elle aurait pu voir dans la bibliothèque de ses parents. Ils la regardent en souriant, sans un mot.

— Voici nos chérubins, Lunile. Ils sont les conseillers d'une personne qui vit ici, et que tu vas rencontrer très bientôt.

La petite troupe s'écarte pour laisser passer la nouvelle venue dans l'autre monde. D'un pas lent, ils se dirigent à présent vers une grande bâtisse de pierre à laquelle on accède par un large escalier imposant, bordé de statues de part et d'autre : elles aussi aux allures angéliques.

Le moment de béatitude révolu, Lunile s'adresse à son guide :

— Où sommes-nous et qui es-tu donc ?

Toujours sans se départir de son regard bienveillant, il s'arrête et lui dit, comme pour la surprendre :

— Tu es au Paradis. Il se permet un petit sourire et ajoute : mais il n'est pas exactement comme tu le pensais. « Je suis Ariel, et je suis venu te chercher parce que tu as été choisie pour rejoindre notre maison, la maison de l'Archange Uriel. Toi aussi, à présent, tu es un ange. Tu fais partie de ces rares humains dont l'âme a été élevée pour rejoindre le royaume céleste. Et selon ce qui m'a été dit, tu as quelque chose en plus. Toutes tes questions trouveront des réponses auprès d'Uriel, et j'allais oublier : sois la bienvenue chez nous, Lunile, ange d'Uriel.

CHAPITRE 7
L'AUTRE MONDE

« L'an 999 sur notre bonne vieille Terre. Le monde ne le sait pas vraiment, mais il est au bord de l'abîme. L'humanité s'apprête à disparaître dans un enfer à ciel ouvert perpétré par la Bête Immonde.

Parmi les hommes de nombreuses prophéties annoncent la fin du monde. L'Eglise accueille ses fidèles dans un dernier élan de protection tandis que les nations, comme guidées par une surnaturelle intuition, se pétrifient en attendant inexorablement le cataclysme. En réalité, cela fait mille ans que Satan prépare son retour sur Terre pour asservir le peuple de Dieu. Toutes les strates sont infectées par des agents, et les Ombres cheminent déjà vers la lumière. Derrière le glaive de la justice se réunissent les armées du Patron pour l'ultime combat. C'est en cette fin de millénaire, quelque part sur de vastes terres arides, qu'une déferlante de démons s'embrase, tel le soleil frappant le sol de ses traits de feu, au contact de l'armée de Lumière. Atomisées dans une éclipse titanesque, les hordes de Satan furent anéanties à jamais…

A jamais ? Pas exactement. Alors que l'an 1000 voit le jour, et que l'humanité se dé-cristallise doucement en cette nouvelle ère, rassurée par des prophéties successives qui s'évaporent au fur et à mesure, le grand Satan, du tréfonds des Abîmes, se reconstitue lentement. Les siècles passent sans qu'aucune ombre n'apparaisse. L'humanité se vautre dans ses vices habituels, et la maison du Patron surveille, bienveillante, cette vie qui évolue lentement. L'homme a toujours ressenti cette bienveillance, mais il ne se doute pas de notre existence. Au fil des années, la routine s'installe. Vont éclater bien sûr quelques guerres, alors que se développent maintes maladies suspectes, pour lesquelles il faut être vigilant, et mener l'enquête ; mais finalement rien qui présage un retour de la Bête.

Le temps passant, le Patron s'est un peu éloigné. Nous nous sommes organisés en quatre grandes maisons, et quelques agents isolés. Mickaël le chef, regroupe tous nos guerriers et nos troupes d'élite. Ils représentent le corps de notre armée. Daniel est le gardien du royaume, il est le protecteur et regroupe avec lui ceux qui protègent, qui défendent. Gabriel est le messager et notre stratège. Sa maison rassemble les anges penseurs et érudits. Et Uriel, l'Archange de la lumière, regroupe les bienveillants et les soigneurs. Nous ne sommes pas d'accord sur tout, et cela crée au fil des siècles quelques rivalités qui peuvent aller jusqu'à quelques conflits. Mais s'agissant de la Bête, nous sommes tous d'accord et rassemblés pour un combat perpétuel. Notre organisation céleste est très structurée, à la façon un peu militaire que pratiquent les humains. Les plus hauts dans la hiérarchie bénéficient de conseillers que l'on appelle les Chérubins. Ils ont un lien direct avec le Patron, outre le fait que chaque grande maison dispose également d'une ligne directe. Enfin le quotidien est géré par les intendants que l'on appelle les séraphins, et quelques anges aussi. »

Jeroll, Maison de Gabriel.

« Nous sommes très présents parmi les humains, mais notre apparence masque notre réalité. Bon nombre d'entre nous siègent dans les instances humaines : politiques, ecclésiastiques et civiles. Notre code d'honneur envers les hommes est très clair. Jamais ils ne doivent avoir la certitude de notre existence ; et pourtant ils nous sentent, nous sollicitent, et nous prient même de les accompagner. Ce que nous faisons, bien au-delà de leurs espérances. Notre royaume céleste reste inaccessible aux humains. Situé dans une dimension parallèle, qu'ils appellent Paradis, nous défendons contre les hordes du Mal son accès à tout prix. J'aime me surprendre à rêver en regardant quelques spécimens d'humanité évoluer. J'aime aussi accompagner l'homme dans sa détresse, et partir en mission pour le Patron. Je n'ai pas connu la Grande Guerre contre Lucifer, mais je suis prêt à en découdre s'il advenait un retour de l'Ombre. Les querelles entre nos maisons sont plus d'ordre idéologique que fratricides, pourtant je sens un changement venir perturber notre organisation, et l'absence du Patron n'arrange rien à l'affaire. La discorde semble s'expliquer par plusieurs raisons, mais mon observation ne me permet pas de savoir vraiment d'où elle provient. J'ose espérer que cela se calmera avec le temps. »

Guéril, Maison d'Uriel.

« Aussi loin que je m'en souvienne, nous luttons contre le mal et ses tentatives de domination sur l'humanité, mais aussi contre sa volonté de nous exterminer. La fin du premier millénaire a pourtant vu l'opportunité de mettre fin à tout ceci. La Bête n'a pas une puissance illimitée, et les saintes formules que nous avons réunies pour anéantir les hordes du Mal devaient suffire, au terme d'une immense bataille à détruire Lucifer et ses esclaves. Quelque chose n'a pas marché, et les choix faits par Mickaël et Daniel, au final, ont laissé une chance à la Bête de se terrer dans son antre pour l'éternité sans pour autant disparaitre définitivement. Je crois que nos querelles d'aujourd'hui sont nées de cette décision passée. Loin de moi l'idée de juger mes pères, mais la suspicion d'un retour de Satan sur Terre me laisse penser qu'on aurait dû en finir une fois pour toutes. »

Corell, Maison de Mickaël.

« Les arènes ! Tout ange, bien constitué et protecteur de son royaume et de l'humanité, doit de façon permanente, s'entraîner au combat et aux techniques cabalistiques. Notre Archange a ainsi inventé les arènes. Des tournois continus, inter-maisons, qui nous rassemblent en nous opposant ont lieu régulièrement. Le 21ème siècle regorge de fantaisies humaines, nécessaire exutoire. Couplées à nos pratiques ésotériques, c'est un vrai régal pour les yeux et l'esprit. »

Drag, Maison de Daniel.

Nous somme le 24 Décembre 2014. La survie de la Bête Immonde divise de plus en plus les maisons de nos Archanges dont les rivalités s'exacerbent pour en arriver à des conflits ouverts. Malgré la suprématie hiérarchique de Mickaël, une autonomie perverse de chaque maison s'instaure au sein du Royaume. Après l'union sacrée, les divisions intestines ! On s'accuse avec virulence de ne pas en avoir fini avec les Ténèbres quand il en était encore temps. Préoccupé par ces rivalités grandissantes, le Royaume s'enferme dans les conflits au détriment de l'humanité qui se dégrade. Jamais la menace de l'extinction n'a été aussi présente. Jamais les anges n'ont été aussi divisés, au point de revenir à l'âge sombre de Belzebuth, archange maudit, source de tous les maux de la Terre. Des alliances, des connivences et des fourberies se trament entre chaque clan. Certains disent, à mots couverts, que la route empruntée est maintenant sans retour, que la doctrine de certaines maisons devrait disparaitre avec leurs soutiens. L'organisation, par le passé très structurée, prend en son sein des allures de rébellion que tente de mater le chef militaire par la voie de ses officiers, les anges les plus proches de Mickaël.

Pendant ce temps, à l'insu du Paradis, une armée de Titans aux ordres de Satan se reconstitue. Plus forte que jamais, en passe de déferler sur le monde des hommes, elle attaque sporadiquement mais inlassablement pour altérer, dénaturer l'essence humaine.

Vautré sur un trône de chair vivante, palpitante, rouge-sang, au cœur de cette immense salle aux reflets de feu crépitant, le ténébreux Lucifer pense... Il a revêtu une forme humaine abjecte : celle d'un vieil homme squelettique, au teint sombre, donnant à contempler de longs cheveux blancs, fins et clairsemés, deux yeux noirs sans pupilles, et des dents grisâtres pointues comme des lames acérées. Devant lui, un puits sans fond de laves où se tourmentent de pauvres démons, exhale de gros nuages de fumée. Telle une nuée d'insectes, de petites créatures noires et rachitiques parcourent les murs et le plafond sans but réel. Mille ans auront suffi pour que la Bête guérisse de ses blessures. Une faille dans sa prison lui permet d'envoyer des suppôts pour instiller son venin dans les veines de l'humanité. Son pouvoir est quasiment à son apogée, et bientôt il sera en mesure de briser ses chaines pour anéantir le royaume des anges et asservir l'homme. Les agents du Mal sont de moins en moins discrets dans leurs opérations terrestres. C'est pourquoi le Royaume Céleste sent approcher l'avènement des forces maléfiques, et peine à pratiquer l'union sacrée malgré le désastre imminent.

CHAPITRE 8
LA NOUVELLE VIE

La bâtisse qui se dresse au sommet du grand escalier est pour le moins colossale. Adossée à un paysage montagneux, elle s'étend sur une largeur d'au moins 200 mètres. Recouvrant les quatre étages, le toit arbore de nombreuses statues angéliques, tantôt vénérables, tantôt guerrières. La pierre utilisée et habilement taillée est d'un blanc éclatant. Le temps ne semble plus avoir d'emprise ici. Après avoir franchi l'immense porte, on arrive dans une grande salle de réception dont le sol semble fait de marbre. De chaque côté, à un mètre l'un de l'autre, de grands candélabres éclairent la pièce avec une boule de lumière en lévitation. De nombreuses personnes se retrouvent ici, chacune ayant la même attitude d'enfant perdu. Parmi elles se remarquent également de nombreux anges souriants, discutant entre eux.

Soudain, le bruit diffus laisse place au silence. Au fond de la salle, un être majestueux drapé de blanc, paré de deux grandes ailes aux couleurs flamboyantes, le regard irradiant une lumière astrale prend la parole :

« Chères âmes égarées, vous voilà recueillies au sein de notre maison, je suis l'archange Uriel. Je vous souhaite la bienvenue au royaume céleste. Vous avez été choisis pour rejoindre les anges et porter la bonne parole à l'humanité. Vous apprendrez à vous connaître et à voir les hommes d'une autre façon, car vous représentez le Bien sur Terre. »

Le discours d'accueil fut long. Encore un peu liée à son enveloppe terrestre, Lunile pense à sa mère, et à son bien-aimé. « Pourquoi moi ? », se dit elle. « Je n'ai pas envie d'endosser ce sacerdoce et servir l'humanité tout entière. » Une fois la cérémonie d'accueil terminée, les nouveaux venus sont répartis en petits groupes de quatre ou cinq impétrants, puis conduits dans différents lieux de l'édifice. Lunile se sent perdue. Ses proches lui manquent. Le visage familier de son guide apparaît soudain.

— Venez avec moi vous quatre, intime-t-il, en désignant ces quatre pauvres âmes encore sous le choc de leur arrivée. Je vous conduis dans vos quartiers.

La jeune fille emboîte le pas de son guide dans un

couloir qui semble sans fin. Parvenu devant une salle immense où s'affairent des dizaines de personnes, Ariel marque un temps de pause. Des centaines d'écrans transparents flottant dans les airs, devant lesquels des personnes surveillent et discutent, équipent ce lieu qui ressemble à un centre de contrôle des services secrets.

— Ici, dit il, l'humanité tout entière est scrutée en permanence par les agents d'Uriel, à la recherche de toute perturbation maléfique significative. Chacune des quatre maisons dispose de cet équipement de surveillance. Initialement pour ne rien laisser échapper, mais aujourd'hui davantage à titre malveillant pour espionner ceux des maisons adverses !

La marche continue le long du couloir jusqu'à une autre grande salle carrée au plafond très haut et voûté, disposant de grands bassins circulaires remplis d'un liquide argenté.

— Ici, c'est la salle d'identification, reprend Ariel.

«Nous autres, les anges, nous ne sommes pas immortels contrairement à ce que l'on peut croire. De nombreuses batailles sont venues décimer nos rangs tout au long des millénaires de l'histoire de l'humanité. La cause principale de notre disparition est bien la croisade contre le mal. Nous sommes des êtres doués de puissance céleste, qui ne craignons certes, ni la maladie, ni le vieillissement, et toutes causes de mort que l'homme peut rencontrer ; mais nous restons mortels face aux puissances démoniaques. Etant par nature issus de la même essence divine, nos coups réciproques peuvent être suffisants pour nous détruire. Alors il faut bien que les rangs des armées qui s'affrontent, pallient leurs pertes par des prélèvements au sein de l'humanité de quelques spécimens judicieusement sélectionnés. C'est ainsi que, par un procédé ancestral, certaines âmes humaines sont élevées au rang de créatures célestes ; et par affinité ou choix direct, rejoignent une des quatre maisons. Pour l'ange déchu, le procédé est différent. Banni du royaume, il dut renoncer à de nombreux pouvoirs dont celui d'élever les âmes. Par procédés magiques et autres rites cabalistiques, souvent aidés par l'homme lui-même, de pauvres êtres humains rejoignent les rangs de la Bête en tant qu'esclaves démoniaques. Une certaine hiérarchie existe également en Enfer, mais la loi du plus fort régit beaucoup d'actions. C'est dans ces bassins devant vous, que les âmes à élever, sont repérées. Bien sûr, il faut une grande maîtrise et connaître parfaitement les procédures pour utiliser ces révélateurs d'anges. Chez nous l'ange qui s'occupe de cela s'appelle Nérim. Vous le rencontrerez et le reconnaitrez à son allure de prophète, sous sa toge encapuchonnée.

Le petit groupe emprunte maintenant un escalier qui

débouche sur plusieurs couloirs au sol de marbre blanc.

« Celui d'en face conduit aux quartiers des nouvelles recrues. Celui de gauche aux plus anciens. Mais avant d'y aller nous allons voir par ici, la salle des voyages.

Cette grande salle sphérique au plancher transparent abrite la terre en modèle réduit en son centre. Cette boule de cinq mètres de diamètre tourne lentement sur un axe. D'un simple effleurement du doigt, elle tourne librement avec une extrême légèreté.

— Nous ne passons pas tout notre temps dans le royaume céleste, enchaîne Ariel.

« Nombre d'entre nous sont en mission auprès des humains. Les plus forts voyagent sans artifice, quant aux autres ils passent par là en choisissant leur destination et traversant les diverses dimensions. Je sais que cela fait beaucoup d'un coup mais ne vous inquiétez pas, vous allez avoir le temps d'apprendre, et surtout de vous préparer avant de voyager. Allons à vos quartiers.

L'étrange bâtiment semblait immense vu de l'extérieur, mais son volume à l'intérieur est étrangement, dix fois supérieur. Le lieu de regroupement des nouveaux ressemble à une ruche. Chaque grosse bulle rattachée au couloir par une passerelle, dispose d'un espace commun entouré de quatre ou cinq alvéoles.

— Je vous laisse un instant afin de reprendre vos esprits, et je reviens vous chercher pour continuer la visite.

Le guide s'éloigne tandis que les quatre néophytes se regardent, dubitatifs. Lunile pénètre la première dans la bulle. Elle y ressent une douce chaleur à la fois physique et spirituelle. Les trois autres la suivent. Après avoir inspecté le nouveau lieu de résidence, ils s'assoient au centre de la partie commune de leur colocation improvisée.

— Je m'appelle Corentin, dit l'un des deux garçons. Et je suis arrivé là en rentrant de vacances des Philippines. Mon avion s'est écrasé après avoir été frappé par la foudre, en plein milieu de l'océan. Le guide est venu me chercher dans ce bleu infini qui m'aspirait lentement. Je ne sais pas ce qu'est devenue ma sœur, et mes parents doivent m'attendre à l'aéroport de Paris-Roissy !

— C'est étrange, réplique Lorinn, la seconde jeune fille du groupe. Paris est en France, je suis américaine, je ne parle pas le français, et pourtant je vous comprends naturellement !

— Je suis de Paris aussi ! relance Lunile qui regarde le dernier, physiquement plus âgé que les trois autres.

— Et toi ? demande-t-elle.

— Moi, je m'appelle Malib. Je suis de Kitui, une petite ville du Kenya. Honnêtement, je ne pensais pas me retrouver au Paradis ! Ma vie est des plus banales. Je n'ai rien fait d'extraordinaire, je suis gardien dans un vivarium et je me suis fait mordre par un mamba noir. Ce maudit serpent m'a traversé le bras, et pour une fois que je n'avais pas pris les gants de protection, eh bien on dirait que j'y suis passé !

— Eh bien moi non plus, je n'ai rien fait de spécial, dit Corentin.

— Peut-être est-ce dans une autre vie ? ajoute Lunile.

Les alvéoles procurent une sensation particulière. Comme des cocons elles permettent de se reposer, mais une fois à l'intérieur on est connecté aux humains qui nous appellent, nous prient et nous conjurent. Quelque temps après, le guide Ariel revient les chercher pour continuer la visite.

— Dès demain, nous attaquerons votre enseignement, dit-il avec fierté. Ce soir tous les anges instructeurs vous seront présentés.

Le tour complet des lieux prit de longues heures, mais nulle fatigue ne fut ressentie. Alors que tous les nouveaux se rassemblent dans le grand hall d'accueil, Lunile est heurtée par un grand gars à la mèche rebelle. Muscles saillants, cheveux blond platine, yeux bleu clair, très sûr de lui, arrogant même, il se fraie un chemin dans la foule des recrues, suivi de quatre petits soldats qui semblent lui avoir prêté allégeance par crainte de possibles représailles.

— Oh, la naine, écarte-toi de mon chemin avant que je ne t'écrase, fulmine vindicativement la recrue à l'allure guerrière.

La jeune fille le foudroie du regard, et se range suffisamment tout en le maudissant.

—Eh, doucement ! rétorque-t-elle.

— Tu as quelque chose à me dire, l'insecte ? relance la brute en faisant volte-face.

D'un signe de tête, elle répond par la négative.

« C'est bien ce que je me disais, la sauterelle, conclut-il en s'éloignant pour aller se placer tout devant avec ses sbires.

L'Archange Uriel arrive à son tour par un grand escalier qui fait face à l'assemblée. Accompagné de ses anges conseillers, d'une bande de chérubins et des instructeurs, il s'installe sur un grand trône de marbre, repliant ses grandes ailes dans son dos. Ses longs cheveux châtains, aux reflets d'argent, encadrent un visage aux traits fins, mettant en valeur des yeux perçants chargés de lumière.

«Chers amis, j'espère que ces premiers moments parmi nous se passent bien, et que vos sentiments d'exil s'estompent. Vous avez été choisis pour accompagner l'humanité dans son épanouissement, et pour la protéger contre les assauts du Mal. Notre maison incarne la sagesse et l'attention aux autres. Vous apprendrez à vous connaître vous-mêmes en tant qu'anges et à connaître les autres maisons. Le Royaume auquel vous appartenez aujourd'hui, est en crise. Les quatre maisons se déchirent, alors même que le mal est omniprésent. De vieilles querelles ont ressurgi et aveuglent celui qui se proclame notre leader, l'archange Mickaël. N'oublions pas pourquoi nous sommes ici. Transmettre des messages aux hommes, les protéger, lutter contre le Mal qui s'insinue partout, dès qu'il détecte une brèche, tout cela est notre priorité. L'homme est fragile, influençable, et soumis perpétuellement à la tentation. Tapie dans l'ombre, la Bête souffle à nouveau sur nous son haleine fétide, elle rêve de nous exterminer, pour asservir l'homme, et régner à la surface de la terre en maître absolu. Comme il y a 1000 ans, nous sommes à nouveau au seuil de la guerre, et c'est vous, jeunes anges, qui êtes notre dernier rempart. Devant vous se trouvent vos instructeurs. Ils vous enseigneront notre histoire, notre politique et notre éthique, vous apprendront à faire émerger vos talents, et à mieux connaître vos ennemis. Peu d'âmes ont le privilège de cette élévation. Soyez-en fiers, et apprenez à répandre le Bien partout où vous passerez. »

Un être fin, vêtu d'une longue toge grise, portant une capuche, s'avance alors. Il se présente en tant que Nérim, celui qui élève les âmes et les instruira sur l'histoire. Agraal, l'ange aux ailes sombres, portant deux rubis à la place des yeux, leur apprendra à se connaitre, à respecter l'éthique et à prodiguer les soins. Tolrynn, avec son grand bâton, sera le maître des voyages. Valnur, bien qu'étant un instructeur au rôle secondaire dans cette maison leur apprendra à se défendre contre le mal. La journée se termine enfin dans les cocons alvéolaires de chaque bulle où les âmes communient avec l'humanité, et pour certaines, avec quelques pensées encore de leur défunte vie terrestre.

CHAPITRE 9
SAVOIR ET CONNAISSANCE

Placé au-dessus de l'atmosphère et des couches nuageuses, le Royaume Céleste est sans cesse exposé au soleil pendant la journée. Cette dimension diffère quelque peu de la vie terrestre par son environnement. Aucun animal n'est visible. Seuls les rochers, la montagne, les chemins de terre et les bâtiments de marbre sont à l'image du monde des hommes. Dans le royaume très peu d'anges, outre les nouveaux, circulent. La majorité d'entre eux se trouvant sur Terre auprès des humains, en surveillance, en assistance ou en mission. Le sol a la faculté de s'ouvrir sous forme de petits puits donnant une vision directe d'un coin de la terre. Souvent, on peut trouver un ange assis au bord d'un puits, les jambes dans le vide, en train de regarder un coin d'humanité évoluer. Ce matin, les âmes rassemblées se sentent moins humaines qu'anges. Lunile fait partie d'un petit groupe d'une vingtaine de sujets qui se rend à l'extérieur dans un amphithéâtre à ciel ouvert, fait de roches et de marbres, pour écouter Agraal, l'ange philosophe. Celui-ci est très proche de l'archange. Souvent consulté, il influence beaucoup la politique de la maison Uriel. Sage et philosophe, il incite le chef à se maintenir au-dessus de la mêlée qui trouble actuellement les quatre maisons. Raisonnablement détaché des querelles qui opposent principalement les maisons de Daniel et de Mickaël, il lui est reproché de ne pas clairement prendre parti. Pourtant il arrive que son soutien s'exprime, marquant alors une préférence pour l'alliance avec les protecteurs du royaume céleste appartenant au clan de Daniel. Agraal est un ange qui aime adopter l'apparence d'un vieillard maigrelet au regard bienveillant, doué néanmoins d'une vivacité d'esprit redoutable, d'une élocution saisissante et d'une agilité déconcertante.

— Se connaitre soi-même, voilà qui est important quand on est élevé au rang d'être divin, commence par dire le sage en se déplaçant parmi ses élèves assis sur les marches de pierre blanche.

« Un ange n'a ni sexe ni apparence. Vous vous voyez tels que votre âme a gardé en mémoire votre dernière enveloppe terrestre. Vous êtes à l'image de l'homme certes, mais vous avez également une apparence propre, au sens défini par le créateur. C'est-à-dire que vous possédez tous une paire d'ailes, pour la plupart blanches, une tête d'ange, pour la plupart toujours éclairée par un sourire. Par un simple effort de concentration, vous pouvez revêtir cette apparence céleste. A ce moment-là vous irradiez une lumière, issue de votre essence divine. On en vient donc à la première règle qui consiste à ne jamais revêtir cette forme lorsque vous êtes sur Terre. L'homme ne doit jamais nous voir ainsi, mais seulement l'imaginer. Mais je vous rassure, d'autres avant vous ont fait l'erreur de se montrer, délibérément ou par accident, générant au sein de l'humanité, à travers les âges, la création d'écrits, de légendes et de récits. Il faut savoir que le créateur nous a dotés de certains pouvoirs, pour l'essentiel, bienfaisants. Je dis pour l'essentiel, car vous apprendrez aussi à vous défendre contre quelques entités qui ne sont pas humaines, et qui vous veulent du mal. Revêtir votre forme d'ange vous confère également un accroissement de vos pouvoirs ; mais cela doit relever de cas extrêmes pour vous. Outre cela, vous pouvez prendre la forme d'à-peu-près n'importe quoi se trouvant sur Terre, et lors de vos séjours, les formes humaines de tout sexe sont à privilégier. Ici, au royaume céleste, vous êtes bien sûr autorisés à vous déplacer sous votre forme originelle.

Après plusieurs heures passées à écouter les éclairantes paroles, les anges en herbe se retrouvent en différents lieux pour mettre en application leurs premiers enseignements. Comme des œufs qui éclosent, les anges déploient leurs nouvelles ailes avec fierté, et non sans quelques difficultés.

— A toi Lunile, dit Corentin après un succès laborieux.

La jeune fille ferme simplement les yeux et, dans un éclat de lumière, deux grandes ailes blanches aux reflets bleutés se déploient dans son dos. A part le vieil ange Agraal, aucun autre n'est paré d'ailes de couleur. Lunile devient aussitôt le centre d'attention des jeunes recrues. Carion, le grand costaud qui avait agressé verbalement la jeune fille, prend la parole :

— Il faut que tu te distingues en n'étant pas comme les autres, toi ! Je me demande s'il n'y a pas eu une erreur de casting, ajoute-t-il de façon méprisante. Lunile feint de ne pas entendre.

Quelques jours plus tôt, avant l'arrivée des nouvelles recrues, dans la salle des bassins divinatoires, un petit rassemblement avait eu lieu autour de Nérim. Il est celui qui décide des âmes à sélectionner, de celles qui pourront être élevées. L'exercice est difficile car la population des anges ne doit pas proliférer, surtout en temps de paix. Difficile surtout quand on est confronté à un cas rare. Nérim semble très perturbé par la venue de cette nouvelle recrue. Jamais pourtant il n'a été aussi sûr de son choix, comme s'il était dicté par le Patron lui-même. Uriel, cependant, le regarde d'un air dubitatif après ce choix rapide et clair. Nérim apporte quelques éclaircissements :

— Je ne sais pas encore pourquoi ma vision a été aussi limpide. Mais la voûte céleste s'est déformée en un point, pour projeter un rayon de lumière jusqu'à cette âme.

Dans la salle baignée de lumière dorée, aucune autre explication n'avait été apportée, et le mystère resta entier, au grand dam de l'assemblée.

Devant la foule des créatures célestes en apprentissage, assis dans un coin, Nérim observe attentivement la jeune fille qui vient, sans efforts, de déployer ses ailes bleutées devant ses camarades émerveillés. Il ne comprend pas encore ce qu'elle représente, mais il reste convaincu qu'il doit la suivre de près durant son apprentissage.

Les quelques jours passés à découvrir ce nouveau monde ont commencé à créer des liens entre les nouvelles recrues. La bande des quatre devient inséparable. En balade, pendant les apprentissages ou les temps libres, Corentin se sent de plus en plus investi dans son nouvel avenir, au même titre que Lorinn, Malib et Lunile. L'expérience intense qu'ils vivent et le fait de vivre ensemble, renforcent ce sentiment fraternel.

Ce matin l'ange Nérim a convié un petit groupe pour écouter l'histoire du royaume. Cet ange voûté ne retire jamais sa capuche et ne lâche jamais son bâton. Planté au centre du groupe, il évoque ce qu'était l'origine. A l'aube des temps….. A la fin du cours, Nerim interpelle Lunile.

— Peux-tu rester un instant, s'il te plaît ? lui demande-t-il sans la regarder.

Lunile s'approche lentement de l'instructeur, et lève la tête pour chercher ses yeux sous sa capuche.

— Tu t'habitues à ta nouvelle vie ? lance -t-il en la fixant à présent d'un regard intense.

— Oui monsieur. Mais j'avoue être encore très attachée à ma dernière vie terrestre.

— Je comprends, Lunile. Je dois te dire que j'accorde une attention particulière à ton éveil, reprend-il.

— Pourquoi moi en particulier ? interroge la jeune femme.

— Eh bien, ton ascension a été particulièrement recommandée, si j'en crois un message provenant du Patron. Cela est surprenant si on considère son silence... Un silence long de plusieurs années. Seul Uriel connaît l'existence de ce message.

— Je ne comprends pas. Qu'ai-je de spécial ?

— Nous le saurons sûrement bientôt, dit-il en lui faisant signe de disposer.

Des semaines ont passé depuis l'arrivée des âmes élevées. Lunile prend toute la mesure de sa nouvelle vie. Elle s'est détachée de sa vie humaine passée mais un fil demeure : Anton. Ce souvenir douloureux, d'origine terrestre, la crucifie parfois lorsqu'elle vient méditer à l'une des fenêtres ouvertes sur l'humanité. Elle voit des couples s'embrasser et vivre des moments heureux. Souvent elle se permet une vision de Paris et de son vieux quartier de Montmartre, où elle imagine voir son âme-sœur déambuler le long des ruelles pavées.

Aujourd'hui, deux groupes d'anges se réunissent pour préparer leur première mission. Cela semble amusant, mais lorsque Lunile voit qui fait partie de la bande, elle fronce légèrement les sourcils. Faisant penser à une équipe de rugby, les molosses, comme les autres les surnomment, discutent en formant une mêlée. Les dépassant d'une tête, Carion dévisage la frêle équipe d'en face. Valnur, le maître-instructeur pour toutes les formes de combats, accueille les participants.

« Bien. Deux équipes, le choix des armes, et je créerai une situation après les explications. Comme vous le savez, les armes humaines sont inoffensives sur nous. L'homme ne représente aucun danger, même s'il a pactisé avec le Mal. Lors de vos séjours sur Terre, vous serez confrontés à quelques humains informés de notre existence, car asservis aux forces du mal. Le danger vient de ces immondices qui asservissent l'homme. Ils sont constitués d'essence divine, et transmis directement par la Bête elle-même. Leurs coups surnaturels peuvent être fatals pour nous. N'oubliez pas que vous pouvez blesser, voire tuer les hommes. Votre force est bien supérieure à l'être humain et vos pouvoirs, bien que limités aujourd'hui, sont incommensurables pour eux. Comme nous, le Mal prend la forme qu'il veut sur Terre, et son code de l'éthique est bien moins contraignant que le nôtre. II n'hésite pas à sacrifier les hommes pour atteindre les anges. A ce risque majeur, se rajoutent les récents différends entre nos maisons. Même si la rivalité est plus virulente entre Daniel et Mickaël pour les raisons historiques que vous connaissez, elle peut poser problème sur Terre. Nous autres, la maison d'Uriel, travaillons à rendre sensible aux yeux des autres maisons, le retour imminent du mal. Des signes montrent une certaine activité anormale, mais les dissentiments entre les deux clans guerriers souverains du royaume céleste les aveuglent.

« Bien, ceci dit passons à l'entraînement. La situation est la suivante : John, un banquier de Wall Street, vient de perdre sa femme et ses deux enfants dans un accident provoqué par un chauffard ivre. Il en veut à la terre entière, et par l'intermédiaire d'une voyante, il est entré en contact avec un séide du mal. Se soumettant à des rituels maléfiques, il y voit la possibilité de faire revenir sa famille au prix d'un pacte de sang. Rejoindre les hordes infernales pour profiter quelque temps de sa famille : voilà le type de situation fréquente que nous rencontrons. Ce sont des tentatives banales de corruption du Mal visant à grossir ses rangs pour atteindre une masse propice d'armée infernale. Bien sûr, rien ne laisse présager le déferlement de cette armée un jour, mais la Terre a déjà vécu cela, et nous devons endiguer ces recrutements. Carion, tu joueras le rôle de l'immondice avec tes camarades.

— Avec plaisir, rétorque la brute.

— Lunile ! A toi de jouer.

En un instant, le décor est posé. Il fait nuit, le petit groupe d'anges se retrouve dans un petit restaurant au centre de New York. L'équipe élabore un plan d'approche aux contours les plus humains possibles. L'angle d'attaque est médical. L'homme perdu est sous suivi psychiatrique. L'approche se fera par le psychiatre dont le rôle est attribué à Corentin. Afin d'assurer une meilleure prise, Lorinn joue le rôle d'une parente éloignée qui fait sa réapparition pour un soutien psychologique secondaire. Lunile et Malib restent en surveillance pour anticiper l'attaque de Carion qui va user d'une technique basique. Il faut croire que la finesse, commune aux membres de la maison Uriel, lui est étrangère, comme s'il avait été victime d'une erreur de casting. C'est donc lors d'un soir de consultation de la voyante que la brute décide de porter, par envoûtement, son attaque psychologique. La stratégie employée par l'équipe des anges, qui consiste à amener John à se séparer de sa voyante, fonctionne bien. Ce dernier rendez-vous doit clôturer l'exercice. Assis dans un fauteuil à accoudoirs, l'homme rassemble son courage. En face, derrière un guéridon planté dans une pièce sombre, la voyante écoute attentivement John mettre fin à sa thérapie. Les yeux de la femme en robe colorée portant de nombreux gris-gris autour du cou, se révulsent. Une fumée s'exhale de sa bouche. Lorinn, qui a accompagné l'homme, sait bien que Carion va tenter quelque chose. Comme l'a précisé l'instructeur, plus le degré d'utilisation du surnaturel est minime dans l'opération, plus la réussite est satisfaisante. Malheureusement, face à une attaque frontale, il devient difficile de ne pas employer d'artifices. Malib endort l'homme pendant que Lunile et Corentin se chargent de l'attaque. L'opération a mis en évidence la qualité de l'intervention à employer sur Terre, et de façon régulière, pour agir en toute discrétion contre les forces du Mal.

De retour dans les quartiers de repos, Lunile se retrouve seule, pensive. Elle se sent tout à coup observée. Une grande force la saisit de côté et l'écrase contre un mur. Carion la tient fermement et la dévisage.

— Qui es-tu vraiment sale insecte ? Elle tente en vain de se dégager. Une lueur bleue commence à vaciller dans les yeux de la brute. Comment fais-tu pour toujours t'en sortir avec succès ? Réponds !

Carion se fait de plus en plus brutal, lui écrasant les bras, et la pressant davantage contre le mur.

« Et pourquoi tu intéresses autant notre hiérarchie ? Tu n'as pas l'air si forte entre mes doigts !

La jeune se met à crier en essayant de le repousser. Les bruits attirent d'autres recrues qui n'osent s'interposer.

« Je vais te mettre à nue, répète la puissante créature céleste.

Bientôt, les lueurs bleues laissent place à des flammes qui jaillissent de ses yeux, entourant toute sa tête, tandis qu'une aura blanche commence à émaner du corps de Lunile, l'enveloppant entièrement. Pour augmenter encore sa force, la brute déploie ses ailes et les flammes s'intensifient. Les proches de la jeune fille, interpellés par d'autres, arrivent sur place, et se mettent à injurier la force de la nature en passe de broyer le corps frêle de leur amie. Les trois comparses déploient également leurs ailes et interviennent dans la mêlée.

— Lâche-là ! s'exclame timidement Corentin, tandis que Lorinn et Malib prennent une attitude menaçante.

— Vous n'êtes pas de taille, menace le géant.

D'un geste de la main, mais sans les toucher, il projette nos trois anges comme de vulgaires fétus de paille. Une voix tonitruante résonne alors dans le couloir.

— Je ne tolère pas que les recrues se battent dans notre maison. Saisi par une main invisible, Carion est alors écarté de sa victime.

— Elle n'est pas ce qu'elle prétend être, rétorque, vindicatif, le jeune guerrier.

— Et toi non plus, lâche l'instructeur qui vient d'agir. Que chacun rejoigne ses quartiers. Toi aussi Lunile. Quant à toi, suis-moi avant que ton cas ne s'aggrave.

Rejoignant la salle des bassins, entouré de trois instructeurs, l'ange se calme en baissant la tête. Agraal, le plus ancien, prend la parole :

— Carion, ange de Mickaël, tu as été découvert et tu vas être banni de notre maison. Mais d'abord tu vas nous avouer le rôle que tu devais jouer ici.

Réticent, il finit par reconnaître que sa maison l'a

envoyé pour identifier une nouvelle recrue, qui semble-t-il, aurait été choisie par leur prophète pour être des leurs et qui, finalement a atterri ici.

— Voilà qui est étrange ! Une âme sélectionnée par plusieurs maisons. Nous devons enquêter et en parler à Nérim, concluent entre eux les anciens.

Consignés dans leur quartier de repos les trois amis regardent Lunile plongée dans ses pensées.

— Pourquoi attires-tu ainsi l'attention Lunile ? lance Corentin avec précaution.

— Ah ! Tu ne vas pas t'y mettre toi aussi ! lui répond-elle vivement. Je n'en sais rien, et si tu crois que j'en sais plus que toi, tu te trompes.

— Enfin, depuis que nous sommes arrivés ensemble, tu es l'objet de beaucoup d'attention, renchérit Malib. Tu dois avoir un rôle à jouer qui nous dépasse tous !

— Peut-être, mais je ne sais rien de ce destin que l'on veut m'imposer, et pour tout vous dire, même si cela représente une chance, il n'en reste pas moins que je me sens comme arrachée du ventre de ma mère, et mon amour me manque tellement…

— Laissez-la tranquille, maintenant, lance Lorinn. Amicalement, elle prend Lunile dans ses bras et ajoute : « Tu peux compter sur nous. On est là, » en regardant les deux garçons comme pour conclure un deal d'entraide mutuelle.

Le lendemain, au premier étage, non loin de la salle de voyage, une douzaine de jeunes arrivent dans une salle rectangulaire dont les murs tels des écrans géants font défiler des paysages terrestres. Ils viennent suivre le cours de déplacements dispensé par Tolrynn le voyageur. Cet ange instructeur est plutôt jeune. Ses longs cheveux noirs masquent en partie son visage d'une beauté éblouissante. Appuyé sur son bâton, il scrute son parterre d'élèves.

— Ce que vous allez apprendre aujourd'hui sera essentiel pour votre survie en cas de mauvaise rencontre sur Terre. Il vous sera facile de descendre parmi les humains, mais il est un peu plus compliqué de revenir ici. Comme vous le savez déjà, la salle des voyages dispose d'un système céleste très puissant vous permettant de vous rendre où vous le souhaitez sur Terre. Les plus anciens d'entre nous concentrent cette énergie pour se déplacer de n'importe quel lieu du royaume vers les hommes ; et réciproquement. Mais vous, jeunes anges inexpérimentés, pour rentrer de mission, vous avez besoin de trouver un réceptacle de lumière. Nous en avons implanté des millions à la surface de la Terre, mais en situation d'urgence, vous pouvez en être éloignés de quelques centaines de mètres à plusieurs kilomètres.

Un jeune lève la main pour parler.

— Oui, Samyr ? dit l'instructeur.

— Qu'entendez-vous par situation d'urgence ? demande l'ange avec un air soucieux.

— Eh bien, il arrive que vous soyez aux prises avec certaines forces du mal qui pourraient vouloir en découdre et que vous ne soyez pas en mesure de mener le combat. Dans ce cas il n'y a que deux issues. Soit vous faites face et vous mourez. Oui, j'aime bien répéter aux anges qu'ils peuvent mourir ! Soit vous fuyez, et le seul abri qui puisse vous sauver c'est le royaume céleste. Encore faut-il trouver un réceptacle de lumière pour voyager.

— Comment trouve-t-on les réceptacles ? demande Corentin.

— Plusieurs solutions s'offrent à vous suivant votre degré d'évolution. Vous pouvez les sentir et les visualiser, mais ce don est réservé aux anges expérimentés. Vous pouvez aussi les repérer avec ce type d'appareil. Tolrynn exhibe alors un Smartphone et le brandit devant l'assemblée.

« Ce téléphone ne sert pas qu'à échanger des sms, il a un petit côté céleste que vous apprécierez grandement en mission. Nous l'appelons, le Keln. Enfin, si vous arrivez à tenir assez longtemps et à nous contacter, nous pouvons déplacer en cas d'extrême urgence, un réceptacle, au plus près de vous. Comme le diraient mes confrères, il n'y a que la pratique qui éveille rapidement vos esprits, alors suivez-moi.

Le petit groupe se rend dans la salle où trône la planète géante et se met en cercle autour de Tolrynn.

— Concentrez-vous, dit-il à haute voix.

L'instructeur plonge alors sa main dans la sphère holographique qui tourne lentement et en retire un fil de lumière pincé entre ses doigts. Comme aspirés, les uns derrière les autres, accrochés à cette guirlande, la petite bande disparaît dans le globe géant.

Les voilà au cœur d'un petit parc d'un centre ville. Il fait nuit. Seule la lumière d'un lampadaire éclaire légèrement. Un léger vent fait bruisser les arbres.

— Bien, vous avez dix minutes pour trouver les trois réceptacles de la zone.

— Tu n'as pas besoin du Keln, je parie ? dit Corentin à Lunile en souriant.

— Pourquoi dis-tu cela ? Bien sûr que si ! Je ne ressens rien du tout, et je ne vois rien qui ressemble à des réceptacles, répond-elle en fronçant les sourcils.

— Tu ne fais pas d'efforts, relance-t-il, d'un air amusé. Lunile hausse les épaules. « Pfff.»

Après un succès mitigé suivant les recrues, la troupe quitte la scène d'entraînement pour rejoindre le quartier de repos du royaume.

CHAPITRE 10
L'ESCAPADE SECRETE

Le silence règne dans le dortoir des nouveaux. Lunile se lève de son alcôve et s'approche de celle de Corentin.

— Corentin ! Corentin ! chuchote Lunile à l'ange plongé dans son repos. Celui-ci ouvre les yeux.

— Que…quoi ! Qu'y a-t-il ? répond-il, l'esprit embrumé

— J'ai besoin de toi pour aller me balader.

— Quoi ? Mais où ça ? demande-t-il, l'air à moitié enchanté.

— Sur Terre, je veux aller chez moi, enfin mon ancien « chez moi », chez ma mère.

— Mais tu es folle ! On va se faire tuer ! Et dans tous les sens du terme, renvoie-t-il, inquiet.

— Mais non, aie confiance, juste une petite heure et personne ne verra rien.

— Bon sang, Lunile, il la regarde fixement et baisse les yeux. Bon d'accord, une heure, pas plus.

Discrètement, sans éveiller leurs deux camarades, ils récupèrent leurs nouveaux équipements et s'introduisent dans la salle de voyage.

—Nous devons être discrets, en bas, dit Corentin.

— Oui, habillons-nous, genre espions, réplique Lunile.

Après une brève concentration, les deux anges se matérialisent et endossent une tenue sombre. Lunile fait tourner la sphère et zoome sur la France pour arriver sur Rennes et enfin sur Melesse, son village d'enfance.

— Allez, c'est parti, dit-elle en tirant un fil de lumière.

La lune éclaire pleinement la campagne, et le vent léger agite les ombres des arbres de la propriété.

— Il n'y a personne ici ? balance le garçon.

— Euh… Elle regarde son Keln. Il est quand même

deux heures du matin ici ! Tout le monde dort.

— On devrait peut-être repérer d'abord un réceptacle, au cas où, non ? ajoute Corentin, l'air un peu angoissé.

— Ne t'inquiète pas, je connais bien le coin, répond-elle en s'engouffrant dans l'allée de peupliers.

A l'approche de la maison, dans le bruit du vent, un hennissement se fait entendre.

— Attends ! C'est ma jument, Cali. Elle doit sentir que c'est moi. Suis-moi.

— Bon sang, Lunile. Fais ce que tu as à faire et rentrons.

La petite étable est mal entretenue. La paille sort des box et jonche l'entrée. A la vue de sa maîtresse, la jument se met à cabrer et à hennir à nouveau.

— Chuuut ! murmure la jeune fille. Oui, c'est moi, tu m'as reconnue ma belle. L'ange enlace le cheval qui se calme instantanément. La bête est mal brossée, son box est souillé de crottes. Un bandage assez serré entoure une patte arrière blessée.

« Maman n'a pas le temps de s'occuper de toi, ma pauvre Cali. Qu'as-tu à cette patte ?

Lunille entre dans le box et approche machinalement sa main pour caresser le flanc de l'animal et la patte.

Un air triste assombrit la figure de la jeune fille. Soudain, une douce lumière dorée émane de la paume de l'ange.

— Lunile ! Que se passe-t-il ? demande le garçon de plus en plus nerveux.

— Je ne sais pas ! répond-elle d'une voix calme.

La lumière s'intensifie au contact de la patte et enrobe toute la partie blessée. Les veines de la jument se mettent à pulser sur tout son corps. Le bandage tombe par terre laissant apparaitre une vilaine plaie qui se referme à vue d'œil.

— Mais…..tu l'as soignée d'un seul toucher. Tu n'arrêteras pas de m'étonner, toi ! dit-il en se passant la main dans les cheveux.

— Nous avons appris à nous matérialiser physiquement sur Terre, dit Corentin, mais que se passe-t-il si nous rencontrons des gens qu'on connaît. Crois-tu que ta jument t'a reconnue physiquement ou a-t-elle ressenti quelque chose de familier ?

— Nous avons une apparence proche de notre dernière enveloppe terrestre, par défaut si j'ose dire, mais nous pouvons la changer. Dans tous les cas, nos proches ne trouveront qu'une ressemblance lointaine avec leurs chers disparus. Tu as donc oublié ce passage du cours de Tolrynn ?

Corentin fait la moue.

Après avoir embrassé sa jument et quitté le box, Lunile l'entraîne vers la maison. Une pièce du côté de la bâtisse est encore éclairée. Les lueurs indiquent que la lumière provient de bougies.

— Il ne faut pas qu'elle nous voie, Lunile. Fais gaffe ! Celle-ci n'écoute pas et s'approche à pas légers, de la fenêtre. Elle hisse sa tête sur le rebord en espérant voir sa mère. Là, au milieu d'un salon, autour d'une table ronde, quatre personnes siègent, complètement dissimulées dans des toges noires.

Surprise, Lunile lâche : — Il se passe quelque chose ici !

— Partons ! balance Corentin.

Une des quatre têtes se tourne vers la jeune fille, découvrant un visage de pierre au regard de glace. Un cri strident jaillit de sa bouche et les trois autres disparaissent dans un nuage de fumée sombre. Corentin agrippe l'épaule de sa camarade pour essayer de l'entraîner plus loin tandis que toutes les ombres de la forêt semblent se resserrer sur la demeure. Un serpent de fumée jaillit de la cheminée vers le ciel étoilé pour foncer vers les deux jeunes anges pétrifiés. La tête du serpent se transforme en un redoutable dard géant pour fondre sur sa victime. Dans un réflexe, de justesse, le garçon se projette à terre, poussant Lunile contre le mur tandis que le dard percute le sol faisant voler la terre de tous côtés. La fumée s'étale pour se matérialiser en trois êtres en toge noire. De leur manche ample, chacun sort un tentacule robuste, et s'avance en menaçant les deux imprudents. Paniqué, Corentin tapote maladroitement son Keln à la recherche d'un réceptacle.

— On va mourir ! hurle-t-il. Il faut partir.

Mais Lunile est paralysée contre le mur, prise entre la pensée de ce qu'est devenue sa mère et la menace imminente. Un tentacule se projette vers elle droit vers sa gorge. Elle lève les mains, paumes devant elle pour se protéger en hurlant.

— Recule ! hurle-t-elle.

La pointe noire vient s'écraser sur un bouclier de lumière dorée qui vient d'apparaitre, et s'embrase, repoussant la créature dans un cri de souffrance. Cet effet inattendu laisse immobiles les deux autres, rendant la fuite possible. Corentin agrippe à nouveau Lunile pour l'entraîner et les deux anges se mettent à courir à toute vitesse vers la forêt.

— Tu as trouvé un réceptacle ? dit-elle en courant.

— Tu en as de bonnes toi ! Je connais le coin et patati, aie confiance et patata ! Ben non, je ne trouve rien, répond le garçon, haletant.

Sous forme d'épaisse fumée, les créatures poursuivent à grande vitesse les deux anges en gagnant du terrain. Comme guidée par une intuition, Lunile les entraîne vers la clairière du dolmen. Les immondices se rapprochent en poussant des cris stridents et horrifiants.

— Tu sais où tu vas ? crie, paniqué, le garçon.

— Pas exactement ! répond-elle.

— Tant mieux, ça me rassure ! envoie-t-il en s'étouffant.

La forêt s'écarte pour laisser la clairière s'ouvrir devant eux, alors que les démons sont seulement à quelques mètres. Les deux anges se projettent en avant, voyant les créatures s'arrêter net et se tapir dans l'ombre. Comme repoussées par le lieu magique, elles finissent par se faufiler dans la terre. Assis sur le sol, dos contre dos, les deux anges reprennent leurs esprits.

— C'est dingue, dit Corentin, tu savais que ce lieu les repousserait ?

— Pas vraiment, réplique-t-elle. Une intuition.

— Par contre, on est assis à côté d'un réceptacle d'après le Keln, dit, en souriant, le jeune homme. Et ça, c'est plutôt cool, rajoute-t-il d'un air rassuré.

CHAPITRE 11
LE ROYAUME DIVISÉ

Le royaume céleste représente une vaste dimension inaccessible aux hommes et, surtout, impénétrable aux démons. Ainsi l'a voulu le Patron lors du bannissement de Lucifer. Après plusieurs recompositions territoriales, il est aujourd'hui découpé en quatre territoires circulaires qui se superposent. Quatre grands disques de plusieurs dizaines de kilomètres carrés coiffés de la montagne sacrée. Historiquement, la montagne était la villégiature du Patron. Le premier disque, la maison de Mickaël, le deuxième disque, la maison de Gabriel, le troisième, celle d'Uriel, et enfin le dernier, au plus proche de la Terre, celle de Daniel, qui constitue également le rempart aux mondes extérieurs. Un gigantesque arbre de lumière traverse les disques, du quatrième au premier, sa cime rejoignant le cœur de la montagne. Il est l'arbre de vie du royaume céleste, et également le moyen de voyager entre les maisons.

Les constituants naturels de la surface des disques sont pour l'essentiel, de la roche et du sable. La montagne est le seul endroit qui ressemble davantage à ce qu'on peut trouver sur Terre dans un lieu de ce genre ; avec beaucoup d'arbres et de végétation à la base, et plus de roches et de cailloux en s'élevant.

Les habitations des quatre maisons sont très différentes les unes des autres. Pour Daniel il s'agit d'une grande caverne immense avec de nombreuses galeries. Pour Uriel, de grands bâtiments style empire en marbre blanc et gris, avec ses fenêtres serliennes. Pour Gabriel, de longues colonnes approchant les 100 mètres de hauteur portant de grandes huttes reliées entre elles par des passerelles en rondins de bois ; et pour Mickaël, de grandes structures en métal sombre en forme de volcans, parsemées de petites meurtrières.

Aucun phénomène météo ne perturbe le royaume qui n'est pas non plus soumis aux cycles de la Terre. Il n'y a pas de saison.

Depuis que les tensions règnent dans le royaume, la circulation entre les maisons a quasiment cessé. Au milieu de l'arbre, entre les maisons d'Uriel et de Gabriel, elle est même coupée, sur ordre de l'archange guerrier. Subsistent encore quelques échanges entre

Mickaël et Gabriel pour le haut, et entre Uriel et Daniel pour le bas.

Et que fait Dieu dans sa montagne, pendant ce temps ? Nul ne sait. Invisible et pour ainsi dire inaudible mis à part quelques signes, depuis la dernière grande guerre contre Lucifer.

Assise sur un rocher au bord d'un chemin de pavés, Lunile regarde ses mains fixement. Elle se concentre pour essayer de reproduire cette aura lumineuse qui a guéri instantanément sa jument, mais rien ne se passe. Non loin de là, dans la plus haute tour de la bâtisse, sont attablés les anciens autour de l'archange.

— Nous devons aller voir Daniel avec une petite délégation pour le sensibiliser aux mouvements des forces du Mal que nous ressentons sur Terre, s'exprime Agraal.

— En effet, répond Nérim. Il est crucial pour nous que Daniel n'oublie pas ses devoirs à l'égard de l'humanité, et relâche un peu la pression par rapport à Mickaël.

— Qu'en est-il de cette activité suspecte en France ? demande Uriel.

— Nous ne sommes pas sûrs, mais une secte connue de nos services, a accéléré ses recrutements. Nous n'avons pas encore établi de liens avec les forces du

Mal, répond Valnur, en charge de la défense et du renseignement.

— Bien. Nérim, tu prendras une petite délégation avec toi et tu partiras pour la maison de Daniel. Vous autres, essayez d'en savoir davantage sur cette secte française. Au sujet des nouvelles recrues, comment ça se passe ?

— Comme tu le sais nous avons banni l'ange Carion de Mickaël qui s'était introduit dans les rangs des nouveaux pour tenter de s'approcher de la petite Lunile, reprend Agraal.

— Comment va sa mère ? interrompe l'archange.

— Nous n'avons plus de nouvelles depuis deux jours, coupe Tolrynn, le maître des voyages.

— Pars sur le champ voir ce qui se passe, Tolrynn, et tiens-moi informé. J'ai bien peur que Mickaël ne prépare quelque chose qui serait irréversible pour nos maisons. Nérim, tu prendras la petite dans ta délégation.

— Est-elle vraiment prête ? reprend ce dernier.

— Il le faudra ! conclut Uriel.

Plus tard dans la journée, dans une petite salle circulaire ornée de tentures de guerre sur lesquelles s'affrontent anges et démons, un petit groupe de nouveaux, assis en cercle, écoute attentivement l'ange Valnur.

— Aujourd'hui je vais vous dévoiler la nature de ceux qui peuvent, parmi les êtres de ce monde, vous blesser, voire vous tuer. Vous aurez, par réflexe, l'envie de vous protéger des humains qui, par allégeance, vous attaqueraient lors de vos missions sur Terre ; mais sachez qu'ils ne pourront pas vous faire de mal. Ils sont d'ailleurs souvent sous influence démoniaque, mais restent inoffensifs. Par contre vous devez apprendre à repérer, à les dissocier d'eux et à identifier les démons, et autres immondices qui peuvent, de par leur essence surnaturelle, vous blesser mortellement.

Corentin et Lunile se regardent alors, repensant à leurs dernières mauvaises rencontres.

« Les esclaves de base sont reconnaissables par leur forme immonde, visqueuse et parsemée de tentacules. Ils sont extrêmement forts. Chacune de leur attaque peut vous blesser profondément. L'instructeur montre du doigt une tenture qui vient de s'animer, représentant l'une des créatures évoquées. « Il existe certes une certaine hiérarchie de puissance dans les démons, mais tous sont potentiellement mortels. »

— Que se passe-t-il quand ils nous blessent ? demande Samyr.

—Il existe plusieurs solutions. Votre énergie céleste peut supporter beaucoup, mais plus vous restez en contact avec un démon, plus votre énergie s'affaiblit. Vous pouvez, parfois, vous en sortir, mais le résultat peut s'avérer très néfaste si vous vous retrouvez seul face à l'un d'eux.

Lunile lève la main.

— Comment se fait-il que nous soyons encore si nombreux, voire même que nous existions encore ? Car si je comprends bien ce que vous dites, les démons sont bien plus puissants que nous.

Lorinn se met à sourire.

— Remarque pertinente ma petite. Je ne te conseille pas de tomber face à l'un d'eux sans un entraînement robuste ! Ceci dit, si je suis si négatif dans cet enseignement, c'est que le monde a changé.

« Autrefois notre puissance provenait principalement de notre alliance, car nous additionnions nos pouvoirs entre maisons. Un groupe joignant la force de frappe d'un ange de Mickaël à la protection de Daniel, et aux soins d'Uriel, était pratiquement invincible. Aujourd'hui, ces alliances n'existent plus, et cela nous met en position de grande faiblesse face aux forces du mal. Revenons-en à la hiérarchie organisant les créatures de la bête. Les plus puissantes d'entre elles sont celles qui prennent forme humaine. Très peu de signes permettent de les identifier, et seule une vision aguerrie vous dévoilera la vérité. N'oubliez pas que nous sommes faibles aujourd'hui, alors la fuite et la connaissance du réseau des réceptacles de lumière peuvent être une bonne option si vous voulez faire partie, un jour, des meilleurs.

Le cours se termine et les anges en herbe se dispersent. Lunille reste seule avec l'instructeur.

— Que veux-tu, Lunille ? demande Valnur.

— Vous qui avez connu la grande guerre, et qui savez que l'union des maisons fait la force du royaume contre Lucifer, pourquoi ne mettez-vous pas tout en œuvre pour nous réconcilier ?

— C'est compliqué, ma petite, répond le vieil ange en haussant les sourcils. De vieilles querelles se sont depuis trop longtemps installées, et personne ne veut faire l'effort de les surmonter.

— N'y a-t-il personne pour rassembler tout le monde ? Sommes-nous devenus aveugles au point d'ignorer la menace qui pèse sur nous, et qui nous ferait disparaître avec l'humanité ? s'emporte la jeune fille.

— Je sais, Lunile. Tu es jeune, et peut-être que l'histoire n'est pas encore écrite.

Dans la soirée, Ariel, le guide responsable de nos

quatre jeunes, apparaît à l'entrée de l'alcôve de repos.

— Bonjour mes amis. Comment se passe votre éveil ?

— Bien, répond Malib, mais cela manque un peu de formation aux combats, et l'instruction sur les pouvoirs des démons montre qu'on en a vraiment besoin.

— En effet, dit le guide, mais le combat n'est pas la vocation première de notre maison. Ceci dit vous n'avez pas tort au vu de nos relations actuelles avec les guerriers, et si nous voulons continuer à mener des missions avec succès. Suivez bien les enseignements et mettez l'accent sur le raisonnement. Lunile, l'ange Nérim souhaite que tu l'accompagnes pour un petit voyage. Tu iras le voir rapidement.

— D'accord, répond, surprise, la jeune fille, en regardant Corentin.

Au sommet de l'escalier en colimaçon se trouve une pièce ronde, où le prophète Nérim passe beaucoup de temps. Lunile se présente à l'entrée. L'ange est assis au centre de la salle, en tailleur, les yeux fermés.

— Entre, Lunile. Je vais partir en mission diplomatique chez Daniel, pour évoquer avec lui l'actualité tant interne au royaume que celle concernant la Terre. Je souhaiterais que tu m'accompagnes.

— Bien sûr, répond-elle, si cela peut vous aider.

— Je te remercie, conclut-il.

La petite délégation se retrouve devant l'entrée d'une caverne, à l'extérieur du grand bâtiment. De l'autre côté de l'entrée, un sol meuble entoure un arbre gigantesque d'au moins trente mètres de diamètre, dont la base s'enfonce dans un trou vers le sous-sol, et le sommet disparaît dans une ouverture du plafond, à quelques cinquante mètres de hauteur. La surface du tronc est parcourue de veines lumineuses qui pulsent régulièrement.

Habituellement, ce lieu est le théâtre d'allées et venues ; mais cette fois seuls deux anges semblent monter la garde. Ils saluent l'arrivée de Nérim.

— En route ! dit ce dernier en regardant la troupe.

Au contact, de l'arbre, chaque ange est aspiré dans la sève et disparaît dans le tronc. Lunile touche à son tour la surface. Son corps se dématérialise en un liquide qui rejoint le fluide vital du grand arbre. Un instant plus tard, elle se retrouve avec les autres dans une autre caverne à la roche saillante.

Nérim s'approche alors d'un petit contingent d'anges athlétiques dont l'un semble plus gradé que les autres.

— Bonjour à toi, nous sommes la délégation d'Uriel.

Le commandant dévisage rapidement chaque membre et répond. — Tu peux entrer, Nérim, sois le bienvenu.

La tension est palpable et indique le degré d'instabilité du royaume.

Le lieu est un dédale de galeries avec de nombreuses niches où reposent des anges en discussion. Une extension racinaire de l'arbre de vie parcourt les plafonds des cavernes pour diffuser la lumière. Nérim se déplace sans chercher son chemin. Le groupe arrive bientôt dans une grande salle de vie où trône un ange plus grand que les autres, à la musculature proéminente, avec d'immenses ailes blanches aux reflets dorés repliées dans le dos. Il est entouré de nombreux autres anges à son image.

Sa voix gronde à l'approche de Nérim.

— Approche mon ami, dit-il. Nérim marque son respect devant l'archange Daniel.

— Uriel te salue. Je suis porteur d'un message important sur une recrudescence du mal sur Terre.

— Nous sommes au courant, et nous nous en inquiétons également, mais nous nous inquiétons aussi du silence de Mickaël. J'entends dire qu'il souhaite notre destruction pour imposer sa vision. Cette guerre fratricide serait tout aussi dévastatrice que l'emprise de la Bête sur l'homme. Je ne peux le tolérer.

— Nous pouvons dépasser nos querelles et agir ensemble, non ? reprend le prophète.

L'archange se redresse de toute sa hauteur, soufflant de colère. Un nuage de poussière se déplace autour de lui et envahit la salle.

— Il n'écoute plus ! Il menace ma maison ! Il a perdu la raison ! Je suis le défenseur du royaume céleste, hurle-t-il à en faire trembler toute la caverne. Son attitude aurait dû déclencher la colère du Patron, mais le silence qui perdure m'oblige à protéger les nôtres.

— Nous pourrions envoyer une délégation de nos deux maisons chez Mickaël, voire même dans la montagne sacrée ! reprend calmement le prophète.

— Je l'ai déjà fait sans attendre ! Et le résultat fut un échec. Je ne laisserai pas le royaume disparaître. En l'absence de message, je marcherai bientôt sur la maison de Mickaël et de ses alliés.

— Le Patron ne laissera jamais une guerre fratricide éclater. Nous sommes tous ses enfants, et notre rôle depuis l'aube des temps est de protéger sa création, répond Nérim en durcissant le ton.

— Tu ne soupçonnes pas ce qu'est devenu l'archange

Mickaël. Mon frère a été infecté par un virus provenant des ténèbres.

— N'est-ce pas là ce que souhaite Lucifer ? Notre désorganisation pour mieux frapper notre royaume ? susurre une petite voix féminine. Lunile s'écarte alors d'un pas de la troupe pour apparaître au grand jour. Le géant reste bouche-bée et la fixe longuement. Le silence devient pesant dans toute la salle. Bientôt la centaine d'anges présents la fixe du regard.

— Toutes ces voix qui nous appellent, là, au-dessous de nous, doivent être entendues, même s'il ne reste qu'un seul ange ici, continue-t-elle. Le mal ne doit pas prendre possession de l'humanité. Si tel était le cas, nous n'aurions plus de raisons d'exister !

Nérim est subjugué par l'assurance de la jeune recrue. Au son de ces paroles, l'assemblée frémit. Certains sont prêts à soutenir les propos de la jeune fille.

Daniel lève le bras, coupant court à tous les bruits.

— Je contacterai l'archange Uriel très bientôt.

La délégation salue humblement le puissant guerrier et se retire. Personne ne parle jusqu'au retour à l'arbre de vie, puis Nérim dit doucement :

— j'ai vu la flamme que tu as allumée dans les yeux de ces anges qui te regardaient, comme si tu avais ravivé leur ferveur. Je suis très étonné, Lunile.

La jeune femme baisse la tête, et se plonge dans ses pensées sans rétorquer. Nérim se tait également, une petite voix lui soufflant que tout ceci révélait bien la marche du destin, et que cet ange, si anodin en apparence, était exceptionnel comme il l'avait prédit.

CHAPITRE 12
PREMIERE MISSION

Quelques jours après la visite à la maison de Daniel, tous les anges sont réunis dans le grand hall d'accueil du premier jour. Tous les instructeurs sont là, et Uriel s'avance sur le grand escalier, au sommet duquel se dresse son trône de marbre.

« Vous êtes aujourd'hui ma famille. Vous êtes tous les anges d'Uriel et dans quelques jours, vous partirez tous en mission au quatre coins du monde pour surveiller, enquêter, déceler les moindres faits et gestes de la Bête. Nous devons protéger les hommes. C'est notre rôle primordial. Nous devons aussi nous protéger. C'est pourquoi nous avons décidé de nous rapprocher de la maison de Daniel, grand protecteur du royaume et de lui apporter notre soutien face à l'hostilité de Mickaël. L'infiltration d'un de ses agents parmi nos recrues et l'agression de l'une d'elles a suscité beaucoup d'inquiétude quant au devenir de notre royaume. Il est clair que le clivage est réel. Aujourd'hui, l'archange Mickaël fait porter toute la responsabilité du retour de la Bête sur Daniel, l'accusant d'avoir été trop faible. Nous ne sommes pas prêts à combattre, et surtout à vaincre Lucifer une énième fois. Cette peur exacerbe nos querelles. Je vous demande à tous d'être prudents face à nos frères, en attendant des jours meilleurs. »

C'est le grand départ. La bande des quatre doit partir pour Londres. Regroupés dans cette grande capitale, ils devront intervenir auprès d'êtres humains en détresse. Chaque mission est enregistrée sur le Keln des anges qui devront agir. Chacun connaît la personne à aider, l'heure à laquelle ils doivent intervenir, ainsi que le lieu où opérer. Corentin bidouille son téléphone pour se rappeler comment il fonctionne.

— Tu ne seras pas loin de moi, Lunile, si jamais j'ai besoin de toi ? demande le garçon, légèrement anxieux.

—Ne t'inquiète pas, on sera tous les quatre ensemble et puis, tu vas t'en sortir haut la main. Elle accompagna ces quelques mots d'un sourire réconfortant.

— Lorinn et Malib rangent leur Keln pour rejoindre

la salle de voyage. Malib s'occupe de tirer le fil de lumière de la sphère après avoir zoomé sur l'Angleterre. Les quatre anges sont alors arrachés du sol. Un instant plus tard, les voilà au centre d'un quartier du Nord de Londres, à Camden. C'est un joli quartier où se tient un grand marché, et ses salles de concerts rock sont connues dans le monde entier. Sortant d'une impasse déserte, ils se font chacun un signe de la tête, et se mettent en route dans des directions différentes. Corentin interpelle Lunile.

— Attends ! Tu ne veux pas m'accompagner ? Je serai plus bien plus sûr de réussir en ta présence, l'implore-t-il.

— Tu vas y arriver, lui répète-t-elle. Mais la mine du garçon laisse penser le contraire.

— Et si un démon se pointe ? ajoute-t-il pour finir de la convaincre.

— Bon, voyons ! A quelle heure dois-tu intervenir ? demande-t-elle.

Il regarde à nouveau son Keln, tapote sur l'écran tactile.

— Euh…dans une heure, au croisement des rues Buck et Camden Hight, devant le restaurant à la devanture rouge.

— Moi, je dois aller dans une rue passante dans 30 minutes pour sauver un chien, dit-elle en regardant à son tour son Keln.

— Un chien ! s'exclame le garçon.

— Oui ! Un chien. Mais pas n'importe quel chien ! C'est Turly. Et ne me demande pas qui est Turly ! S'il meurt, son propriétaire se suicidera, enfin, d'après ce que je lis.

— D'accord, alors on commence par toi, dit Corentin.

D'un pas rapide, les deux anges se dirigent vers le quartier à cibler.

— A quoi ressemble le chien ? Il y a du monde ici ! demande le jeune homme.

— Concentre-toi et surveille la rue. Il va sûrement déboucher de dieu sait où dans cinq minutes. Il peut se faire écraser. Il y a pas mal de voitures qui passent. Il peut se faire attaquer par un autre chien, répond-elle.

— Ta mission manque vraiment d'intérêt, dit-il ironiquement.

—Ne juge pas, finit-elle par dire en opinant du chef.

Soudain, le petit chien déboule d'une porte d'appartement, traînant derrière lui sa laisse par terre. Fondant sur lui tel un rapace, Corentin se jette au sol pour saisir la hanse en cuir du canidé. Une seconde plus tard, un vieux monsieur sort de l'appartement en criant. « Turly, Stay here! » Drame évité de justesse ! Le chien finit à moitié étranglé par la sangle, alors qu'une voiture lui rase la truffe.

— Oh my God ! Merci monsieur vous avez sauvé mon chien de ce chauffard !

— Ce n'est rien, dit Corentin. Soyez prudent à l'avenir. Il regarde l'écran de son Keln et crie vers Lunile. Woou ! Il reste 10 minutes pour aller au restaurant, vite filons.

— Nous n'y serons jamais, envoie la jeune fille. Le garçon pâlit en prenant une mine déconfite. Reste là ! dit-elle.

— Quoi ? Comment ça ? répond-il. Elle se précipite dans le hall de l'appartement du vieux monsieur, à présent vide, jette un coup d'œil à l'escalier pour être sûre d'être seule et se concentre en fermant les yeux. De son dos émane une lumière et deux grandes ailes bleutées se déploient.

— Mais que fais-tu, Lunile ? lance le garçon désemparé. Mais celle-ci ne répond pas et disparaît dans un éclair scintillant. POUF !

La voilà une seconde plus tard, enchevêtrée dans l'attirail hétéroclite d'un placard à balais. Elle se dégage rapidement des objets qui l'encombrent, et débouche dans la cuisine du restaurant. Là, dans la fumée de cuisson et l'odeur du poulet grillé, une équipe s'active à la préparation de la victuaille.

— Madame ! Madame ! La cuisine est interdite aux clients ! Sortez d'ici s'il vous plaît, lance un jeune arborant la tenue d'un chef. Elle s'excuse d'un signe de tête et se dirige un peu à tâtons vers la sortie. Machinalement, son œil est attiré vers un homme, à table, qui ne s'est pas déshabillé. Il porte un imper noir et un feutre assez large pour lui couvrir les oreilles. Lors de son évolution dans la salle de restaurant, il la suit du regard. Soudain, elle remarque une petite fumée noire tournant sous la table. Elle presse le pas, reconnaissant le signe d'un démon.

Celui-ci se lève, démasqué et se met à la poursuivre, bousculant les clients. Seule dans la rue, elle cogite à grande vitesse. Que doit-elle faire ici et que faire face au démon ? Corentin ne semble pas arriver.

— Tant pis ! Se dit-elle. Elle traverse la rue à grandes enjambées pour s'engouffrer dans un marché qui se trouve juste en face. Derrière elle, la créature accélère et se rapproche dangereusement. Elle jette un œil, et voit l'horrible mâchoire démoniaque s'ouvrir pour lancer une substance noire et visqueuse. Bientôt, deux autres bêtes aux impers noirs se joignent à la poursuite. Sautant par-dessus des paniers en osier, se glissant entre les stands au son des injures des commerçants, elle réfléchit en une micro-seconde. Comment l'ont-ils trouvée ? Est-ce sa transformation en forme angélique ? Ils sont trop nombreux. Elle doit fuir ou mourir. Dans la course, elle sort son Keln qui lui échappe et vient glisser sous un camion de tomates.

— Meeerde ! lance-t-elle. Là ça devient critique ! Vite ! Donnez-moi un lieu de réceptacle !

Elle entend dans ses oreilles le grognement des bêtes qui la pourchassent. Elle bifurque alors, pour passer sous un volet métallique entrouvert et s'introduit dans un hangar rempli d'étagères. Elle se plaque alors contre un mur. Les bêtes passent en courant devant l'entrée puis s'éloignent.

— Ouf ! Ils ne m'ont pas vue entrer ici. Une minute après, elle s'avance à pas de velours vers le centre du hangar pour avoir une vision d'ensemble et trouver une autre sortie. Elle scrute, les yeux gênés par l'obscurité.

Surgissant alors devant elle, l'une des créatures laisse tomber son chapeau pour découvrir une tête ravagée de veines sanguinolentes, elle tend vers Lunile des mains griffues et pousse un cri enragé. Dans son saisissement, Lunile tombe sur ses fesses.

— Ah ! Nooon ! crie-t-elle. La bête bondit, gueule en avant, toutes dents dehors quand un dôme de lumière recouvre l'ange à terre. Le démon s'écrase dessus pour se désintégrer en poussière. Seul son chapeau subsiste en roulant sur le sol. Les deux autres démons surgissent à leur tour. Projetant de la matière visqueuse et noire sur le dôme pour le neutraliser, un pentacle de lumière se dessine lentement sous Lunile.

— Enfin, vous m'entendez ? Son corps, en un instant, est aspiré dans le réceptacle.

La voilà de retour dans la salle de voyage, devant l'immense sphère, encore toute bouleversée par sa mauvaise rencontre. Nérim la rejoint à ce moment.

— Ta mission n'aurait pas dû se passer de la sorte. Ces démons connaissaient ta destination, lui dit-il.

— Ai-je fait l'erreur de les attirer par ma métamorphose ?

—Tu n'aurais pas dû prendre cette option, mais je pense qu'il y a une autre explication. Je ne l'ai pas encore. Va te reposer. Tes camardes vont bien. Ils ne vont pas tarder à rentrer.

— Et le restaurant ?, demande-t-elle inquiète.

— La femme est morte étouffée par une fausse route, due à un bout de poulet. Son âme a rejoint l'énergie céleste pour être réincarnée, répond-il paisiblement.

L'échec de sa mission perturbe la jeune fille, mais la réponse naturelle de Nérim et le devenir de cette âme finissent par la rassurer. Certes, elle a échoué mais elle sait bien ce qu'il y a après la vie terrestre à présent. Il reste que la douleur des proches de cette victime du destin lui rappelle ces émotions humaines lointaines avec un arrière-goût désagréable.

CHAPITRE 13
ENQUÊTE A PARIS

Les échanges entre les quatre anges vont bon train ce soir-là. Après plusieurs missions accomplies avec succès, Lunile et Corentin doivent intégrer un groupe d'anges qui séjourne depuis plusieurs mois à Paris. Assis au bord d'un bassin qui reflète la ville de la Tour Eiffel, ils évoquent leur future mission.

— Cette mission semble délicate, commence Corentin, adoptant comme toujours une attitude craintive.

— Je ne sais pas trop, répond, pensive, Lunile. Mais en effet, étant donné la logistique à déployer, il ne s'agira pas d'un chien écrasé, poursuit-elle en souriant.

— Je voulais te remercier pour tout ce que tu m'as

apporté durant ces derniers mois, reprend le garçon. Tu te détaches vraiment des autres maintenant, et tu as maîtrisé bien des enseignements. Sur le terrain, j'ai beaucoup appris avec toi. Tu es un peu mon guide, on va dire. Lunile le regarde attentivement, ses cheveux ondoyant légèrement au vent. D'un geste, elle les rejette en arrière.

« Et puis…, reprend le jeune homme, je me sens bien avec toi, en confiance, rassuré. Je sais que les anges n'éprouvent pas vraiment des sentiments d'amour…enfin….je veux dire comme les humains, mais je t'aime….beaucoup, voilà.

Lunile baisse la tête et sourit.

— Moi aussi je t'aime beaucoup, Corentin.

Lorinn et Malib arrivent bientôt à côté d'eux.

Celle-ci prend la parole :

— Humm, je m'excuse de vous interrompre. Nous venons vous souhaiter bonne chance pour cette grande mission. Lunile se lève et prend Lorinn dans ses bras.

— Oui, merci ! Tu vas me manquer. Et toi aussi Malib. Soyez prudents, tous les deux. On va se revoir bientôt.

Quelques heures plus tard, tout l'équipement est prêt.

Nérim est là, dans la salle des voyages, à côté d'eux.

— Mes amis, cette mission ne revêt pas a priori de caractère dangereux, mais son succès est vital pour étayer certaines informations. Nous devons découvrir ce qui se cache derrière cette secte. Faites bon voyage et soyez sur vos gardes. Corentin s'avance vers la sphère. Nérim retient un instant Lunile par le bras.

— Prend ce pendentif et ne le quitte jamais. Une pièce métallique en forme de croix celtique est retenue par un cordon d'argent. Une petite pierre est sertie au centre du bijou.

— Qu'est-ce que c'est ? demande-t-elle.

— Tu vois bien ! C'est un bijou ancien. Certains humains le portaient pour accomplir des rites de communion avec la nature, et l'essence divine qui les entourait.

— Mais pourquoi moi ?

— Il est à toi. Garde-le. Je t'expliquerai à ton retour. Elle le fixe alors autour du cou.

— Au revoir, Nérim.

— Au revoir, créature céleste ! dit-il en souriant.

Le fil de lumière emporte alors nos deux anges fin prêts.

Ils arrivent dans une impasse encombrée de poubelles, le sol pavé est humide. Les deux jeunes se regardent, un peu hébétés. Au bout de la rue, des passants traversent sans leur prêter la moindre attention. Une légère bruine se met à tomber. Dans un petit crissement de pneus, une voiture rouge s'arrête. La portière passager s'ouvre. La tête ébouriffée d'un homme grimaçant apparaît.

— Montez, vous deux !

Les deux jeunes, au regard relativement expert, reconnaissent les yeux angéliques et s'exécutent. Assis à l'arrière, parmi des papiers et des cannettes de bière, ils écoutent.

— Bienvenus à Paris les nouveaux, vous allez voir, c'est sympa comme ville. On a un petit appart dans le XIIIème. L'idée, c'est bien sûr de se fondre au mieux dans la population. La règle : aucun pouvoir. C'est clair. On va vous acheter des fringues, et puis pensez à manger et à boire.

— Pourquoi, des fringues ? demande Corentin.

— Je savais que tu allais demander, le bleu ! Oui, oui tu peux matérialiser les fringues que tu veux sur toi. Je sais ! Tu es un ange avec de grands pouvoirs. Mais tu n'as pas écouté ma phrase d'avant. AUCUN pouvoir, ici. Le garçon baisse les yeux.

Ce quartier paraît presque sordide, avec des façades qui auraient besoin d'un bon coup de peinture.

— Moi c'est Jim, dit le conducteur.

— Et moi c'est Corto, dit l'autre.

— Nous sommes de la maison de Daniel, reprend le premier, et nous sommes en mission de surveillance. Le chef vous en dira plus chez nous.

Après s'être garé sur le trottoir, tout le monde descend pour emprunter la petite allée de buissons qui conduit à l'entrée de l'immeuble. Jim appuie sur l'interphone.

— C'est nous, on a récupéré les nouveaux, ils ne sont pas bavards !

La porte vibre et s'ouvre. Elle donne sur un hall où volent quelques papiers par terre. L'ascenseur exigu monte tout ce petit monde au quatrième étage. Le sol est revêtu d'une épaisse moquette marron. Une vieille dame entr'ouvre sa porte pour épier.

— Bonjour madame, lance Corto poliment.

La porte blindée du fond du couloir s'ouvre sur un appartement clair au carrelage blanc. Un homme se tient à l'entrée, élancé, cheveux longs.

— Allez, rentrez. Tous se retrouvent dans un grand

salon dépourvu de meubles. Seul un gros carton repose au centre.

— Moi je m'appelle Dolan. Je suis le chef de la mission. Ici on est plus humains qu'anges ; mais vous avez déjà eu la consigne, dit-il, en regardant Corto. « Il suffit de se rappeler sa dernière vie terrestre, et tout va revenir naturellement dans vos comportements. Bon, parlons maintenant de notre présence ici. Une secte du nom d'Adoum a rassemblé quelques fidèles, ici, au cœur de Paris. Une activité intense de rituels semble se développer autour de la secte de façon plus régulière. Nous devons enquêter et les surveiller. Lunile, nous allons te préparer à infiltrer ce groupe. Nous, nous suivons leurs faits et gestes, et Corentin sera ta logistique et ta porte de sortie en cas de problèmes. Imprégnez-vous de la ville et du quartier. Apprenez les habitudes des membres de la secte et voyons si ces humains tentent d'entrer en contact avec une puissance maléfique. Le chef fait passer sur chacun son regard.

« L'appartement dispose de quatre chambres. Les derniers arrivés partagent la quatrième comme lieu de repos, dit-il en lâchant un rire graveleux.

Autour du carton retourné au centre de la pièce, la petite équipe écoute attentivement le leader exposer le résultat de ses premières recherches. Relativement discrète, la secte entretient un espace de discussion sur Internet.

— La porte d'entrée semble toute trouvée. Nous enverrons un mail de contact qui permettra d'introduire Lunile dans la partie, ajoute-t-il.

— Vous croyez vraiment que ça va être aussi simple ? demande la jeune fille. Dolan la fixe sans répondre.

Corto réplique :

— Bah ahah ! Le chef a toujours raison. Ses plans fonctionnent toujours.

— T'inquiète pas petite. J'ai l'habitude, finit par dire le chef. Et puis, tu as affaire à des humains, je pense.

L'appât est lancé. Les premiers jours n'apportent aucune réponse. Les deux jeunes quittent l'appartement pour vagabonder dans Paris. Tous deux sont des habitués de la capitale française, ils prennent un vrai plaisir à échanger leurs expériences du temps de leur existence humaine. Comme accomplissant un pèlerinage, Corentin entraîne la jeune fille dans sa banlieue natale. La banlieue sud de Paris regroupe de nombreux quartiers assez bourgeois dans lesquels le garçon a vécu sa dernière vie.

Assis sur un quai de gare, après avoir déambulé toute la journée, ils contemplent le soleil finir sa course entre deux immeubles.

— Tu vois, parfois, je regrette encore ma vie terrestre. Quand je te vois, ici, je pense à deux choses, lui dit-il.

— Ah oui ! A quoi ? demande la jeune fille.

— Eh bien, la première c'est que je me demande si je suis à la hauteur de ce pourquoi on m'a choisi.

— Evidemment que tu es à la hauteur ! répond-elle.

— Et surtout, la deuxième, dit-il pour l'empêcher d'argumenter, c'est que je pense qu'on aurait pu se rencontrer dans Paris. Ce destin aurait été magnifique.

Oui, bien sûr, dit-elle. Tu avais une petite amie, avant ?

— Euh, non. Mais c'est surtout parce que je jouais beaucoup au foot et je sortais avec les copains et …

Le jeune garçon continue de se justifier, alors que Lunile s'évade dans ses pensées. De petite taille, les cheveux clairsemés, Corentin n'est pas d'un physique éblouissant. Son côté timoré s'allie à son manque de charme. Ses deux yeux marron, ses allures de cocker lui confèrent un air de gentillesse qui le rend attachant. Le regard de Lunile semble fixer un lointain paysage. Le visage de son prince charmant lui apparaît soudainement.

Le lendemain, un rendez-vous est proposé à la jeune fille, dans un café du 19ème, tout près des Buttes-

Chaumont. A nouveau rodée dans les déplacements parisiens, Lunile arrive un peu en avance au rendez-vous, dans le quartier. Elle inspecte la rue du café sans remarquer un quelconque individu qui pourrait correspondre à son interlocuteur. Elle décide d'entrer dans ce commerce accueillant dont la salle est parsemée de petits fauteuils rouges avec de petites tables rondes. Plusieurs d'entre elles sont inoccupées à cette heure avancée de la nuit. Un serveur s'approche de la demoiselle.

— Je vous sers quelque chose ? demande-t-il. Elle s'apprête à répondre quand un homme entre et se dirige spontanément vers sa place. De petite taille, et d'âge mûr, il s'adresse au serveur.

— Nous allons consulter la carte avant de consommer, si vous voulez bien.

— Bien sûr monsieur, acquiesce le commerçant.

L'homme retire son blouson et s'assoit face à la jeune fille.

— Lunile, n'est-ce pas ? elle opine de la tête.

— Il est rare qu'une jeune personne comme vous s'intéresse aux choses occultes et nous contacte comme cela. J'avoue être intrigué par votre connaissance de l'ésotérisme et de certains rituels difficiles à trouver parmi les ouvrages existants. Dites-moi ce qui vous attire dans ces pratiques.

Au fur et à mesure que les paroles sont proférées par la bouche de l'homme, l'atmosphère semble se troubler à l'intérieur du café. Le barman alterne les coups d'œil rapides entre leur table et l'entrée du commerce. Le vieil homme pose alors sur la table une étoile argentée gravée de dizaines de symboles. Nul doute que l'objet est issu d'un autre monde. Celui-ci se met à rayonner en présence de l'ange. Le regard de l'homme se fait insistant quand, soudain, un crissement de pneus arrache les gens de leur torpeur. Une portière claque et la porte du café s'ouvre violemment. Corentin entre, surexcité.

— Vite, j'ai besoin d'un téléphone, il y a eu un accident dans la rue, vocifère-t-il.

Le vieil homme se lève et enfile rapidement son manteau. D'un geste il récupère l'étoile et dit :

— Rends-toi à cette adresse dans exactement sept jours, et viens seule.

Il abandonne alors un papier sur la table et se précipite vers la sortie avec une agilité bien supérieure à ce qu'aurait pu prétendre un homme de son âge. Corentin simule un appel et le calme revient. Lunile sort peu de temps après son départ. De retour dans l'appartement, les anges font le point sur ce qui semble être une suspicion réelle de connexion avec le

Mal. L'attitude de ce « contact » de la secte amène Dolan à faire preuve d'une grande prudence pour le rendez-vous secret planifié.

De retour dans l'appartement, la petite équipe se retrouve dans le salon.

— Ce type, que j'ai rencontré, n'était pas humain, n'est-ce pas ? demande Lunile.

—Je n'en suis pas sûr ! répond le chef en se grattant la tête. Mais nous avons une adresse, alors nous allons enquêter. Dès demain, Corentin et toi, vous irez prendre en filature l'un de leurs membres.

— C'est très risqué ! répond le jeune garçon. S'ils ne sont pas humains, ils nous repèreront facilement.

— Nous devons en savoir plus ! Alors, ce risque, on le prendra ! s'énerve Dolan.

— Oui, enfin, « moi » je prendrai le risque ! nuance Lunile.

Le lendemain matin, il pleut à verse. Les Parisiens se pressent dans les rues pour rejoindre au plus vite les bouches de métro complètement saturées. L'eau ruisselle sur la chevelure détrempée de la jeune fille qui marche lentement aux côtés de Corentin.

— Je sais qu'on n'a pas rendez-vous, dit le garçon, mais on pourrait quand même se mettre à l'abri.

— J'aime sentir l'eau glisser sur ma peau, dit-elle. Ce sentiment humain me plaît. Laisse-moi le savourer. Il grimace en lâchant un grognement de mécontentement.

Depuis la Place Clichy, une rue conduit à l'adresse indiquée sur le papier. Une lourde porte baroque interdit l'accès à l'appartement.

— Je crois que c'est là, annonce-t-elle.

— Alors attendons que quelqu'un sorte, répond-il. Mais, des heures durant, personne ne franchit le seuil de la bâtisse. Soudain, une voiture s'arrête devant la porte. Un homme en imperméable kaki descend, tape sur un digicode à l'entrée, puis pousse la lourde porte.

— On en tient un ! s'exclame Corentin.

— Ne va pas trop vite. D'abord il est entré. Cela ne nous arrange pas. Et puis, tu as vu ? Il y a plusieurs appartements dans cette résidence. On ne sait pas s'il fait partie de la secte.

La voiture repart doucement sans son occupant. Discrètement, à l'aide de son Keln, Lunile prend l'arrière du véhicule en photo. Le soir arrive sans aucune autre activité près de la demeure.

— Ne restons pas là plus longtemps. Rentrons, dit la jeune fille.

A l'analyse des photos, Dolan constate un fait.

— Regarde cette plaque. C'est une voiture du ministère de la Défense. Cela n'indique pas de lien avec la secte, mais gardons cela en mémoire.

A deux jours du rendez-vous, toujours en observation, tels d'authentiques policiers en planque, les deux anges observent, à nouveau, la voiture noire se garer devant l'appartement ; mais cette fois l'homme sort de l'immeuble pour monter dans le véhicule. Un chauffeur descend lui ouvrir la porte, révélant ainsi la place importante occupée par ce militaire dans la hiérarchie. Ayant prévu un tel scénario, les deux jeunes montent à bord du scooter loué pour l'occasion.

— Vas-y ! Suis-le, dit Lunile. Manette des gaz à fond, ils filent la voiture pendant un bon quart d'heure. Celle-ci s'arrête devant l'entrée d'une petite chapelle. Le militaire ouvre la vitre pour faire passer un paquet à un moine qui vient d'apparaître. Celui-ci s'éclipse dans la petite bâtisse chrétienne alors que la voiture repart en trombe.

— Laisse tomber la voiture, je veux voir ce qu'il y a là-dedans. Nous aurons peut-être des réponses.

Corentin gare le scooter non loin de l'entrée.

Tel un banal couple de touristes, les deux anges

entrent dans la chapelle. Personne ne semble se tenir à l'intérieur. La salle principale est sombre et vétuste. Une petite porte en bois se trouve à côté de l'autel. Lunile s'approche pour actionner doucement le loquet. Elle débouche sur une petite salle aménagée en vestiaire. Diverses affaires religieuses sont posées çà et là, mais il n'y a personne. La jeune fille remarque des traces de pas mouillés devant un coffre. Elle tente de soulever le couvercle mais celui-ci semble solidement fermé.

— Attends, je vais t'aider, dit Corentin depuis l'entrée de la pièce.

— Non, reste à l'entrée et préviens-moi si quelqu'un arrive.

Elle use alors de sa force surhumaine : une lueur blanche éclaire ses yeux et le couvercle se soulève comme une feuille de papier en cassant les charnières. Bruyamment, il retombe sur le sol en pierre. A l'intérieur, un petit escalier étroit s'enfonce dans le sous-sol. Le garçon lui fait signe de ne pas descendre, mais Lunile s'engage quand même. Corentin jette un coup d'œil dans la chapelle, souffle en signe de désapprobation, puis la suit dans l'escalier.

Au bout de quelques paliers franchis l'humidité se fait ressentir davantage. Elle utilise alors son Keln pour éclairer le lieu qui s'ouvre sur une grande cave rectangulaire et voûtée. Au fond, le mur semble écroulé. A pas feutrés, ils traversent cette nouvelle pièce. Lunile passe son Keln par l'ouverture en montant sur les gravats.

— Ce sont les catacombes de Paris. D'anciennes carrières interdites au public qui courent sur plus de 200 kilomètres de galeries. Peut-être que la secte a investi un endroit là-dessous ? indique Lunile.

— Ou pas ! dit le garçon. On devrait en référer à Dolan.

— Je vais avancer un peu. On n'a aucune preuve des activités de la secte pour l'instant, finit par dire la jeune fille.

Derrière le mur écroulé, une petite galerie au sol terreux conduit à une nouvelle salle. On y a entreposé du matériel. Des lampes torches, de la corde, des bougies. Un plan des galeries environnantes est accroché au mur. Le réseau est un vrai labyrinthe. Un bruit d'eau provenant d'une chatière attire leur attention. Un petit boyau conduit à un puits de jour. Pour y accéder il faut ramper sur trois ou quatre mètres. Elle ramasse un petit carnet annoté et une carte régionale de la Creuse, portant également des annotations.

— Reste-là, dit-elle, en s'allongeant pour se glisser dans l'ouverture.

Après quelques efforts, le boyau ouvre sur une oubliette. De l'eau ruisselle le long des parois. Au fond, recroquevillé, gît le corps d'un homme portant une tenue militaire. Elle peut remarquer une médaille en forme d'ange doré sur la poitrine. Sa gorge porte des marques de strangulation. Les deux anges ressortent de l'endroit sordide.

— Tout ceci est étrange ! glisse Lunille à l'oreille de son camarade, concentré sur la conduite du scooter pour la ramener entière dans le XVIème.

— Oui, il faut vraiment s'introduire dans leurs rangs pour découvrir si tout ceci a un sens, hurle-t-il, la voix couverte par le bruit du moteur.

De retour à l'appartement, en fin d'après-midi, l'analyse du carnet ne donne pas grand chose, et la carte de la Creuse indique seulement un village, Tigoulet, entouré plusieurs fois de graffitis rouges.

Il est vingt heures quand la jeune fille s'engage dans la bouche de métro 2 du Père Lachaise pour se rendre au rendez-vous secret, Place Clichy. Le temps est doux avec une légère brise. Corentin se tient sur le haut de l'escalier et fait un geste de salut. Alors qu'elle disparaît dans le tunnel, il se perd dans ses pensées puis finit par être interpellé par un gamin en short sur un skateboard. Ce dernier s'engage dans une ruelle adjacente. Un paquet tombe de sa poche et Corentin s'empresse de le ramasser.

— Hé mon garçon, tu as fait tomber quelque chose !

Le gamin continue sur sa lancée. Le jeune homme le poursuit un instant puis arrive dans une impasse, et le voit, recroquevillé.

— Tu t'es fait mal ?

— NON ! répond une voix d'outre-tombe.

Un voile obscur s'abat sur la rue. Des spectres fantomatiques matérialisés en fumées noires s'entrelacent autour du jeune ange. Celui-ci comprend qu'il est tombé dans un piège. A présent, ce sont trois êtres à la peau noire, vaguement humanoïdes, au visage déformé par l'esprit du mal, exhibant de nombreuses aiguilles saillantes sur le crâne, qui obstruent la sortie. L'un d'eux fonce sur Corentin, lui traversant la poitrine de sa main transformée en pieu dévastateur. Jusque-là fort d'une sensation d'immortalité, l'ange sent que cette fois, il est vulnérable, et même en danger de mort. Novice dans le combat, il déploie ses ailes et aveugle la créature d'une aura divine. Cela ne dure qu'un instant, et les deux autres, douées d'une vivacité surhumaine, l'enferment dans un brouillard étouffant, absorbant la lumière. Reprenant ses esprits, la troisième le crible de coups meurtriers, le laissant s'effondrer sur le bitume. Agonisant, l'ange regarde les petits yeux démoniaques de l'esclave qui lui lance sardoniquement, dans une dernière mélopée gutturale : — Vous n'arrêterez pas notre Maître cette fois-ci !

Dans le couloir du métro, Lunile se sent suivie et presse le pas. Discrètement elle s'assoit au fond de la rame qui vient d'arriver. Les flashs de lumière provoqués par le métro laissent apparaître des visages sur le mur qui angoissent la jeune fille. A-t-elle des hallucinations ? Serait-elle victime d'une agression maléfique ? Vingt minutes aux aguets la conduisent à la sortie du transport. Sa tension nerveuse augmente au fur et à mesure qu'elle croise les gens qui semblent la regarder. Les visages qu'elles rencontrent semblent se déformer puis reprendre leurs contours humains l'instant d'après. Arrivée Place Clichy, elle s'avance dans la rue du rendez-vous. Elle arrive devant la lourde porte d'appartement aux sculptures baroques. Les charnières grincent à l'ouverture, découvrant un grand escalier qui, à sa surprise, descend au lieu de monter dans les étages. Il est éclairé par de petites statues angéliques aux visages tourmentés portant dans leur main levée, une ampoule basse consommation. Une trentaine de marches conduisent l'ange devant une nouvelle grande porte. Un homme vêtu de noir et encapuchonné l'ouvre, et accueille la jeune fille.

— Entrez, mademoiselle la curieuse.

Il referme la porte lourdement, et conduit la jeune fille dans une grande salle à peine éclairée. Au centre, une grande table en forme d'anneau, entoure un pentacle dessiné au sol, sur lequel vacillent des bougies. Autour de la table, une dizaine d'hommes en noir sont assis à intervalle régulier, également encapuchonnés. L'un d'eux prend la parole :

— Bonsoir Lunile. Approche et prends place à la table. « Tu nous as contactés parce que tu t'intéresses à nos pratiques. Certes, les nouveaux sont toujours les bienvenus, mais tu devras d'abord nous parler de toi, et accomplir un rite initiatique d'intégration. Adoum est une secte très ancienne qui vit dans l'ombre depuis fort longtemps. Cette longévité s'explique par le fait que notre cercle est drastiquement fermé ; et je dois dire que rares sont ceux qui prennent contact avec nous. Tu n'es pas n'importe qui Lunile, n'est-ce pas ? La jeune fille se sent comme prise au piège, étranglée. Elle suffoque presque. Sauraient-ils qui elle est vraiment ? Ont-ils le pouvoir de la percer à jour ? Elle se sent tout à coup mal préparée, et tente une approche maladroite.

— Je suis désolée, mais je crois avoir fait erreur en m'adressant à vous. J'organise beaucoup de jeux autour de rituels sataniques avec des copains, mais jamais rien de sérieux.

Elle remarque alors les mains de son interlocuteur : longues, griffues... Elle se lève comme pour échapper à la scène qui va suivre. Tous les hommes en noir se lèvent également lentement. L'orateur laisse tomber sa capuche en arrière découvrant une tête beaucoup trop flétrie pour être vivante, avec quelques cheveux argentés de ci de là.

— Je crois, au contraire, que tu ne joues pas du tout, mais que tu ne t'attendais pas à nous voir.

Ses yeux funestes, enfoncés dans leur cavité, se mettent à briller d'une lueur maléfique, alors que des spectres noirs commencent à tourbillonner dans la pièce. Les flammes des bougies s'agitent et des cris plaintifs résonnent. L'homme pointe alors son doigt griffu vers la jeune femme.

« Pauvre créature céleste qui vient de naître, tes pères ne t'ont donc pas enseigné que nous pouvions déjà échapper à notre prison éternelle, et mettre fin à ta misérable existence ?

Les spectres tournent de plus en plus vite, alors que les neuf autres hommes se mettent à proférer des paroles cabalistiques. Démasquée, par pur réflexe angélique, elle déploie ses grandes ailes bleutées. Avec une force incroyable un spectre saisit la gorge de l'ange pour la plaquer contre le mur, et il resserre son étreinte tandis que les chants délétères prennent du volume. Tout s'agite dans la pièce. Lunile suffoque.

Pendant ce temps dans l'appartement du 19ème.

— Mais que fait Corentin ? Il devrait être là, balance nerveusement Jim à ses compères.

Un brouillard noir s'infiltre sous la porte d'entrée. Toutes les fenêtres se voient obturées d'un voile noir opaque, puis soudain le brouillard prend la forme d'une bête immense à quatre bras et une bouche béante. En un instant, Jim et ses compagnons dans une impuissance totale, sont saisis puis broyés. Le peu de mobilier présent se met à virevolter et dans un effet de tornade, tout disparaît comme aspiré par un trou noir.

Le vieil homme a toujours le bras tendu vers sa victime. Il s'approche maintenant pour exécuter une sentence. Le pentacle au sol prend une couleur rouge vif et se met à pulser. Sa surface se ride de vaguelettes, et une prodigieuse main griffue émerge de son centre. Faisant trembler les murs, une voix venant directement de l'enfer arrête net le bourreau. — Arrête-toi ! Ne touche pas à cette créature.

Sur le point de succomber, Lunile reprend ses esprits. Les murs qui l'entourent se sont transformés en miroirs de feu. Tout crépite autour d'elle ! Soudain elle semble percevoir un visage familier dans les flammes. Une chevelure noire avec une couronne de gui, l'air grave, au milieu du feu infernal. Elle reconnaît ce regard maternel. Dans un terrifiant fracas, la lourde porte vole en éclats. Un ange, de grande taille, doté d'une musculature puissante, fait irruption, accompagné d'une dizaine d'autres êtres célestes. Brandissant une immense épée, il balaye les créatures maléfiques qui se sont dévoilées pour combattre. La scène devient apocalyptique. Les coups fusent, assenés avec une force de titan, taillant en pièce les sombres créatures. Au bout de quelques minutes, dans la fumée qui se dissipe, la jeune fille à genoux, blessée profondément, fixe son sauveur se tenant devant elle. Elle ne croit pas ce qu'elle voit.

— C'est bien toi ? Anton, c'est toi ? dit-elle, submergée d'émotions humaines.

— Lunile ! Je te retrouve enfin.

Les ailes toutes déployées, les deux âmes-sœurs s'enlacent, envahies par ce sentiment humain : l'amour. Un des proches d'Anton demande à ce que le site soit nettoyé.

— Elle est de la maison Uriel, Général, elle est sauvée, et on ne peut pas rester plus longtemps.

— Je sais Brann, laisse-moi encore une minute, répond Anton. Il prend la tête de Lunile avec douceur, entre ses mains et s'approche. Elle ressent une force infinie dans ses bras, serrée contre son torse apollinien. « Ce que j'ai vécu est extraordinaire, ma princesse, mais une blessure ne guérissait pas. Ta disparition. Jamais je n'aurais pensé que tu allais vivre la même expérience que moi. Nous allons nous revoir très vite, je le sais maintenant. Mon cœur est empli de bonheur.

— Général ? Mickaël nous attend. Nous devons vite rendre compte de l'avancée des troupes maléfiques et de la présence de…..enfin vous voyez.

— Qu'avez-vous trouvé, ici ? demande Anton à son bras droit.

— Il semble que l'Adoum ait infiltré la strate élevée du pays en remplaçant certaines personnes haut placées, et prépare un gros coup. La France occupe une place stratégique dans le monde, il se pourrait qu'elle soit une des clés du retour de la Bête.

Dans un torrent de lumière, le pentacle maléfique est remplacé par un réceptacle. Chaque être ailé regagne le Royaume Céleste, et le silence revient dans la pièce macabre. A quelques kilomètres de là, au troisième étage du ministère de la Défense, non loin du Quai d'Orsay, dans le grand bureau aux riches dorures, assis derrière l'imposant meuble Louis XV, un homme au costume impeccable s'adresse au chef d'Etat-Major des armées françaises. Il arbore sa tenue militaire kaki, recouverte de médailles sur la poitrine. L'une d'elles représente un ange doré.

— Les généraux sont-ils prêts, Dralvor ? demande

l'homme sombre au militaire. Ses yeux prennent un reflet rouge luisant.

— Oui, prince Malfus, ils sont prêts.

PAGE D'AUTEUR

Ce volume fait partie de la saga **"Angel Eyes"**.

Nous souhaitons la décliner en bandes dessinées, en jeux vidéo et en film d'animation 3D. Bonne lecture.

Editions: WisGames-Studio – Novembre 2015

ISBN: 979-10-95562-03-0

http://www.wisgames-studio.com

contact@wisgames.com